灵犀

一位法国诗人与苏东坡的心灵交会

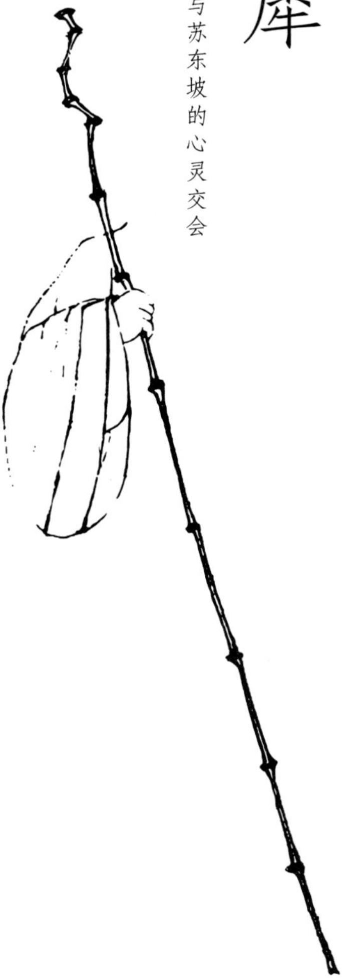

本书获『第十届四川文艺奖』

[法] 克洛德·罗阿 著
宁虹 译

四川大學出版社
SICHUAN UNIVERSITY PRESS

四川省版权局著作权合同登记图进字 21-2019-469 号

图书在版编目（CIP）数据

灵犀 : 一位法国诗人与苏东坡的心灵交会 / （法）克洛德•罗阿著 ; 宁虹译. — 2版. — 成都 : 四川大学出版社, 2024.4

（文史趣话）

ISBN 978-7-5690-6585-5

Ⅰ. ①灵… Ⅱ. ①克… ②宁… Ⅲ. ①苏轼（1036-1101）—人物研究 Ⅳ. ① K825.6

中国国家版本馆 CIP 数据核字（2024）第 051613 号

书　　名: 灵犀——一位法国诗人与苏东坡的心灵交会
Lingxi——Yi Wei Faguo Shiren yu Su Dongpo de Xinling Jiaohui
著　　者: [法] 克洛德•罗阿
译　　者: 宁　虹
丛 书 名: 文史趣话

出 版 人: 侯宏虹　　责任编辑: 刘　畅
总 策 划: 张宏辉　　责任校对: 周　洁
丛书策划: 欧风偃　高庆梅　　装帧设计: 蒋　浩
选题策划: 刘　畅　张　晶　　责任印制: 王　炜

出版发行: 四川大学出版社有限责任公司
地址: 成都市一环路南一段 24 号（610065）
电话:（028）85408311（发行部）、85400276（总编室）
电子邮箱: scupress@vip.163.com
网址: https://press.scu.edu.cn
印前制作: 四川胜翔数码印务设计有限公司
印刷装订: 成都市新都华兴印务有限公司

成品尺寸: 138mm×210mm
印　　张: 7.25
字　　数: 140 千字

版　　次: 2019 年 9 月 第 1 版
2024 年 5 月 第 2 版
印　　次: 2024 年 5 月 第 1 次印刷
定　　价: 48.00 元

扫码获取数字资源

四川大学出版社
微信公众号

著者：克洛德·罗阿(1915—1997)

法国著名诗人、小说家、评论家、汉学家，伽利玛出版社文学顾问。在小说、戏剧、传记、文学评论等方面都取得了丰硕的成果，尤其在诗歌领域成绩斐然。1985年获龚古尔诗歌奖。他在文学生涯中不断保持着与中国文化的对话，阅读有关中国的书籍，亲自到中国旅行，结交中国朋友及汉学家，借此了解中国及中国文化。他写了几部专门论述中国和中国文化的著作，对中国非常关注。罗阿还将从中国诗歌中得到的灵感运用于自己的创作中。罗阿的经历和文学创作印证了中法文化的交融和互补。

其主要代表作有《学艺的童年》《亮如白昼》《未成年的诗人》《诗歌集》《在时间的边缘上》，有关中国的代表作有《中国入门》《汉代石印画》《关于中国》。

译者：宁虹

女，比较文学博士，四川大学外国语学院法语专业教授、硕士生导师，四川大学欧洲研究中心研究员。主要研究领域为法国文学与文化、欧盟文化政策。主要译著有《保尔和薇吉妮》《烽火岛》《西方的诱惑》《征服者》，合译有《蚂蚁时代》。

灵犀一点（代序）

翻译文本，什么最难？有人说是叙事文学，因为它体量大，需要敏锐度和大气度。有人说是诗歌，因为它精到，凝练，字少而乾坤大。以鄙人之见，最难的是论及中华文化、引文弘富的大作，而当它兼具叙事文学和诗歌的秉性时，难度更甚。

宁虹教授翻译的《灵犀》便是这一类的佳作。作者罗阿乃法国著名诗人，又写小说，眼光独到，学识渊博。该书依托诗词，娓娓讲述苏东坡的一生。起首却写与罗大冈、老舍、梅兰芳等人的交往，结尾亦然，间及中段。史料珍贵，用意高远。

罗大冈是法语翻译大家，曾任中国法国文学研究会会长，当过全国人大代表，被关过“牛棚”。二十世纪五十年代，罗阿来到杭州，时隔千年，得罗大冈引荐苏轼。他与罗大冈相处数月，合译东坡诗词，埋下了《灵犀》的创作种子。

书中大量引用了苏东坡的诗文，外加王安石、欧阳修、米芾等人的言论，然都未注明出处。见到原作时，我便预测：宁教授，译完这本书，你会超越法语，成为苏轼研究专家，还会精达宋代文学。

我说对了，见到译文时，引文一一复原，标明出处，译按做了百余个，更正了原作的舛误。再谈苏东坡，宁虹头头是道。说及北宋，口若悬河，把我甩了好几条街——苏东坡原也是我勤读的作家。

如实说，《灵犀》不以史料见长，却具国际胸怀，长了第三只眼，轻妙间，揭示了许多身在此山不得见的景观。作者认为，对于苏轼，奔丧守丧意义非凡。从开封到眉山要走三四个月，越平原，过山区，穿三峡，一路倾听各类人的讲述，获得了《雨果见闻录》般的多重视角，收获远远胜过喧嚣的官场。心中有人，笔下有灵。闲居静读，口舌生香。

走三峡，东坡写道：“船上看山如走马，倏忽过去数百群。前山槎牙忽变态，后岭杂沓如惊奔。”翻译时，罗阿觉出，法语无法表现汉语中的铿锵急促，多音节拉慢了节奏。寥寥数语，点出了两种语言的内质差异，凸显了汉语之长，也掂出了苏轼的国际分量。

在叙事质态上，原作理路清晰，疏密有致，虚实间糅，如行云流水，充满诗意。译文将这一切都巧妙化入，贯以相应的节奏和韵味。读两种文本，我获得了等值的快乐。

末尾附录是一个有趣且有意义的尝试。取东坡诗词二十四首，附罗阿的译文，再由译者从法语导成现代汉语。三声变奏，大吕洪钟。请看，且听：

竹杖芒鞋轻胜马，心有灵犀一点通。明月夜，短松冈，应似飞鸿踏雪泥，振翅，鸟已远飞，活儿比命长。古今如梦，人生如戏，在晨曦中，你可听见逝去时光的叹息？

Vivre, Rêver, Rêver la vie。

在多声部合奏中，东坡高高立起。对人生，我们有了新识。

杜青钢

我者与他者（代序）

“我者与他者”这个说法源自历史学家许倬云，他在讨论中国历史上的内外分际时指出：“不论是作为政治性的共同体，抑或文化性的综合体，‘中国’是不断变化的系统，不断发展的秩序。这一个出现于东亚的‘中国’，有其自己发展与舒卷的过程，也因此不断有不同的‘他者’界定其自身。”事实上，我者与他者既是对立的，又是融合的，相互间时常发生着微妙的转换：昨日的我者或即今日的他者，而今日的他者或成明日的我者。

当我读到法国诗人、小说家、评论家、汉学家克洛德·罗阿的苏轼评传《灵犀》的时候，脑子里便不断跳出我者与他者的纷纭意象，人物与时间和空间的交错此起彼伏：我者既是翻译者宁虹、宋代的苏东坡、蜀地的山水，又是瑰奇的中国，甚至还包括神秘的东方；他者呢，当然有诗人罗阿、繁华的巴黎、浪漫的法兰西，以至于整个西方世界。感谢四川大学同事宁虹教授的精彩移译，让我们得以倾听上下千年东西万里的心灵密语。在前不久的一次诗歌沙龙上，诗人杨炼告诉我，翻译是一件痛苦又过瘾的事。你要用最美妙、最准确的母语与异国语言进行碰撞，交流，贴身肉搏。翻译并不仅仅是两种不同语言的交集，也是两个灵魂的交锋。宁虹教授的译笔畅达而温情，富有女性的细致，又不失顿挫昂扬之气，准确地传达了罗阿长于抒情又精于叙述的文本风格，读来令人如饮醇醪，如沐春风。

罗阿在开篇“两者，我与他”中，以一种典型的法国口吻谈及我者与他者。对于罗阿来说，他在写作苏轼时，既是我者，也是他者；既是评传的作者（我者），又是异域文化的观察者、热爱者和窥探者（他者）。作为传记主人的苏东坡及其所代表的世界，显然是一个异样的存在，是一个广博的他者。这只是事物的一个方面，还有另一面。如同《灵犀》书名所暗示的，具有浓郁的东方色彩，介于灵魂与肉体之间的神秘感应现象——灵犀，已经向我们诉说了另一面的可能性。我注意到罗阿描绘的那只蛱蝶：蝶翅上细巧的图纹带着东方的韵味。我们知道，蝴蝶是善于变化之物，蝴蝶既是我者，也是他者，早在庄子那儿就变得令人捉摸不定。就在“此刻”，法兰西的蛱蝶（我者）和近千年前的他者（苏轼）产生了神奇的对话与关联，蕴藏其中的力量是如此具有穿透力，可以超越语言的障碍。罗阿说：当我想到他，我有时会以某种假定、某种倾向、某种狂妄对自己说："因为，他就是我。"他甚至倾听到自己和苏轼用同一个声音说："我，就是你。"罗阿与苏轼，在对蝴蝶的凝视中完成了超时空同体。瞧，我者与他者不仅会转化，还会浑然一体，难分彼此。"我，就是你。"这是两个来自不同时空的诗人兄弟相见时说出的最动人的词语，彼此之间的心心相印及惺惺相惜，已尽在其间。尽管我个人认为，罗阿此处略有拔高自己之嫌，但这也无妨，谁让罗阿和我们都喜欢伟大的苏轼呢！

在两者（我者与他者）的纠缠与打开之间，罗阿常常能深入苏轼内心的深处，也可以说是深入自己的内心深处，总能以诗人敏锐之视角，见人所难见或未见之处。罗阿曾谈及苏轼一首名叫《江上值雪》的七言，他推断说，此诗看上去很像是诗人在北方生活时所写。但是，苏轼流放海南时，尽管生活艰辛，却一直带着这首诗的手稿。罗阿追问道：

为什么这首诗会出现在海南？月复一月，年复一年，在这座热带岛屿上，苏东坡的身体状况越来越差。

岛上疾病肆虐，十几种包括脚部真菌感染、疥疮、淋巴结肿大、皮肤下寄生虫、阿米巴痢疾等热带疾病依然毒害着这位被流放者的生命。罗阿认为，这首诗可能触动了苏东坡敏锐的感官，让他追忆起与海南完全不同的种种：皑皑白雪、刺骨寒风、轻盈雪花？又或许这让他能够暂且远离眼下这个一切都在慢慢腐烂的岛屿！罗阿一直想弄明白为什么苏东坡要带着这个被时间偷走的“瞬间”。这时，罗阿想到，一贫如洗的乔治·彼得耶夫和柳德米拉去看病时，医生对乔治说：“你应该把柳德米拉带到乡下去，她太苍白了。”乔治想到的解决办法是再一次把屠格涅夫的《乡间一月》搬上舞台。苏东坡和苏过是否用了与乔治·彼得耶夫同样的方法来应对海南生活的惨淡？罗阿得出一个意外又合乎情理的结论：“这些能致命的酷热岁月所留下的，其实是一首关于霜冻、冰雪和彻骨寒冷的伟大诗篇。”

《灵犀》的迷人之处，在于它既是一部苏东坡的评传，又是一部带着强烈个人旅行色彩的著作，在学术写作、中国游记及叙述口吻之间，赋予了珍贵的在场感和梦幻气质。这种法兰西式的跨文本及跨文体写作，我们在罗阿的同胞，也是他的同时代人罗兰·巴特的《恋人絮语》中也能感受到。罗阿因结识艺术家赵无极而爱上中国文化，又因结识法国文学学者罗大冈而爱上苏东坡。当他踏上中国大地时，终于从一个他者变成了我者。罗阿写及他与罗大冈一起到达杭州时的景象：

> 有些日子，天气很潮湿，太阳雾蒙蒙的，空气中弥漫着水汽，蜘蛛网上凝结着细小的水珠，云层灰暗；而有些日子又艳阳高照。所有的水上城市都一样，不管是威尼斯、斯德哥尔摩，还是杭州，这种艳阳天并不会让人觉得干燥或酷热。这座城市离海很近，紧靠长江三角洲入海口，江水穿城而过。

这段话让我想起意大利作家卡尔维诺的《看不见的城市》。那些想象的城市中，有美好的城市、连绵的城市、视觉的城市、听觉的城市、嗅觉的城市，有空气中浮动着黄尘的皮拉城，气味令人窒息的贝尔萨贝阿地下城等。卡尔维诺的用意在于：以看不见的虚构的城市反衬、反讽我们举目可见的真实城市。这些看不见的城市可能与现实的城市有着微妙的镜象关系，人们能从中寻觅到纽约或洛杉矶、威尼斯或罗马、京都或大阪、北京或成都的踪迹。

罗阿始终是个思考者，他在追问苏轼的同时，也追问着那个年代中国的现实的迷惘和残酷。罗阿谈到他与中国作家老舍见面的情景：

那年（1950年）春天，老舍刚刚写完话剧《龙须沟》，故事以对北京一条街道的臭水沟的整治为背景。老舍说，为人民服务没有小事。他一边笑一边说：中国至少需要半个世纪来恢复秩序，让一切走上正轨——包括清理人民的排泄物。

罗阿说他非常喜欢老舍，他是一个不断进取的人。但是，他一直没能弄清楚“文化大革命”中老舍的死因：“是饱受摧残而死，还是因为绝望而自决？”

警察把他妻子带到西湖（应为太平湖），布单覆盖着一具尸体。警察掀起布单的一角，露出死者湿漉漉的双脚。“这是他穿的鞋吗？”“是。”然后她就被带上了车。她说，这之后，她才开始痛哭。

这些叙述看似不经意，实则是《灵犀》区别于任何苏轼研究之重要质素所在。我们在苏轼坎坷的一生中，难道看不见后来人（如老舍）的苦难吗？

罗阿意识到故乡和童年对一个人，尤其是对苏轼这样情感丰沛之人的重大影响：苏轼和子由无论在何种情况下，都能拥有共同的回忆。兄弟俩的一生中，有无数回忆可以温暖彼此。在他们的诗作中，孩提时代青葱的天堂从未褪色，他们对于十二岁时游戏和欢愉的记忆还是那么鲜活。他俩不仅仅有共同的故乡——被称为蜀国的四川，那个他们度过了童年，而且永远不可能真正离开的地方。故乡与他乡，又是一个我者与他者的关系。于苏轼而言，他出生的故乡虽然只有一个，心灵的故乡却在不断变迁。白居易说过："我生本无乡，心安是归处。"对于大半生都处于迁谪中的苏轼来说，这样的归属感既是无可奈何，也是活下去的理由。绍圣四年（1097），苏轼被流放至遥远的海南岛。但是，苏轼却说："我本儋耳民，寄生西蜀州。"呵呵，真是拿他没有办法了，一念之间，他就成了儋耳人，而生他养他的蜀州，反而只是曾经暂时寄身的地方。这并不是说苏轼就不爱蜀州了，他太爱了，但他知道再也回不去了，且把他乡（他者）当故乡（我者）吧！这就是苏东坡，诚如林语堂所言，苏东坡是一个"无可救药的乐天派"。你把他贬到天涯海角又如何？贬到哪里，哪里就是他的家，他就是哪儿的人，并且毫无怨恨，不仅不恨，反而觉得自己赚了，赚到了别的地方看不到的奇景："九死南荒吾不恨，兹游奇绝冠平生。"

可能是因为旅程的安排，罗阿的中国之行并没有到达成都，也没有到达苏轼的出生地眉山。罗阿多次提及杭州，当然，杭州很美很中国，对苏轼也很重要。中国有两座城市的气质是十分相近的，有点儿像孪生兄弟，就是成都和杭州：杭州的湖光山色、越人软语与成都的锦江春色、衣香鬓影天生都富有诗意，西蜀与吴越允称安逸之乡。苏轼甚至认为仅就风物而言，杭州还略胜一筹："我本无家更安往，故乡无此好湖山。"但如果说到诗歌，成都的诗史则更为久远和丰厚。苏轼在金山寺前不无自豪地说："我家江水初发源。"作为万里长江源头之一的岷江，也是中国诗歌的重要源头之一。在成都，我们可以钩沉考索的有三千多年漫长时间，其间，顽强的诗意从未中断过：从羽化登仙的蚕丛到啼血成诗的杜宇，从金沙太阳神鸟到南朝石刻造像，从琴台故径到杜甫草堂，从西岭千秋之雪到直下江南的万里船，从桐叶题诗到洪度诗笺，从郭沫若到当代先锋诗歌……成都这条可以清洗锦绣的诗歌河流，奔涌激荡着岷江之水，一刻也未曾停息过。如果罗阿到了成都，一定会另有一番非凡的感悟。

罗阿深爱着苏轼，因而也深爱着中国。而且，这种爱，是一种从肉体到灵魂的爱。罗阿常常引用司汤达在《红与黑》中的话来表达他对中国的爱，这是心灵之爱和头脑之爱的结合。毫不夸张地说，在精神上，中国已是罗阿的第二故乡。能够达成此种神圣之爱，苏轼无疑起着不可替代的作用。虽然罗阿在苏轼之外，还翻译了很多其他中国古典诗人的作品，但对罗阿影响最巨者，还是苏轼。罗阿的诗歌写作，亦从中获取了无尽的滋养。罗阿说自己是中国诗歌的偷盗者——罗阿曾出版名为《盗诗者——盗自中国的 250 首诗》的汉诗译著——这当然是一种坦诚和调侃，但也吐露了罗阿受惠于中国诗歌的实情。罗阿将自己对中国古典诗歌（他者）的独特认知成功地转化为自我写作的原动力（我者）。

罗阿的诗歌清新明快，和雅克·普雷韦尔等诗人的诗作一同入选法国中小学生诗歌学习教材。罗阿诗歌中的中国诗歌痕迹清晰可见。罗阿翻译的苏轼诗作，基本上延续了法国汉学界“仿译”的传统。最早的仿译出现于 1862 年，那年的中国是清同治元年，汉学家埃尔维·圣·德尼侯爵翻译出版了《唐诗选》。五年之后，法国诗人泰奥菲尔·戈蒂耶的女儿朱迪特·戈蒂耶出版了中国古诗集《玉笛》，成为法国“仿译”中国古典诗歌的代表性作品。我们从罗阿的译作中，依然能感受到“玉笛”的韵律，这是另外一种我者与他者的互置。

罗阿被称为二十世纪法国历史的见证者。罗阿出生于第一次世界大战期间，亲历过第二次世界大战和法国抵抗运动，还加入过法国共产党，反对过殖民战争。有学者这样评价他：罗阿几乎参与和见证了发生在二十世纪法国甚至西方的所有重要政治、社会事件，并用手中的笔记录了这个动荡的世纪带给人的灾难和困扰。这种经历让我想起迄今仍健在的，被称为德国鲁迅的汉斯·马格努斯·恩岑斯贝格尔。凑巧的是，2015 年江苏文艺出版社推出的，由德籍华裔诗人姚月女士翻译的恩岑斯贝格尔诗集（1950—2010）《比空气轻》，也是由我作序。

罗阿遇见苏轼是幸运的，他遇见的是一颗干净的、没有杂质的中国诗心。苏轼遇见罗阿也是幸运的，不朽的苏轼不仅在中国，也在法兰西找到了开花结果的土壤。罗阿在中国的湖畔写道：

> 直到到达旅馆前的河岸时，我们仍然沉默着——月亮的沉默。罗（大冈）喃喃道："啊，罗阿先生，这湖，就像一首法国诗：'哦，时间，请停住你的脚步……'"

这情景，让我想起苏轼的《永遇乐》："明月如霜，好风如水，清景无限。曲港跳鱼，圆荷泻露，寂寞无人见。"对这空旷孤寂的风景，罗阿是这样理解的：

> 月光闪耀 如白霜
> 微风拂过 如凉水
> 天地无垠

鱼跃银珠闪

光滑的荷叶上

露水静静滴落

鸟儿啾啾低啭

在黎明将我唤醒

我坚信，随着东西方之间理解和交融的不断加深，被唤醒的不仅仅是东西方诗歌界的兄弟姐妹们——法国诗人兰波说过，天下诗人是一家——还有更多的东西方的我者或他者将被唤醒，更深的意志、美、自由和爱也必将一并被唤醒。

于成都石不语斋

向以鲜

目录

两者，我与他

我有时会凭借某种假定、某种倾向、某种狂妄对自己说：

『因为，他就是我。』

那个他，大约一千年前（1037）曾经来过；这个我，是当下的过客。我正凝视着一只蛱蝶，蝶翅上细巧的图纹带着东方的韵味。阁楼的窗棂上，蛱蝶扑扇着翅膀。我在窗下写作，遐想。对于一只蛱蝶来说，扑扇翅膀的“此刻”意味着什么？对我意味着什么？对他又曾经意味着什么？

当“此刻”的这个我说，那个他，是他的朋友，这意味着什么？我不知道，而且永远也不可能知道他长什么样，他的眼睛是什么颜色，他的音色如何，他身上散发着怎样的气息。他说着我听不懂的语言——如今仍在使用这种语言的人所说的和他当时所说的也不尽相同。因为数个世纪过去，时光披上了云翳，沧海桑田，文字语汇也自然发生了改变，就如同经年被湍急的河流冲刷而被磨平棱角的卵石一样。

但他就在那里，我与他的友情可见、可听、可触、可感，却不易为人所理解。就好像对一抹印迹心生好感，与一个影子心有灵犀，为一个缺席者的出现而欢欣鼓舞——这是理智的情感吗？然而情感能被看作是理性的吗？

花园里的蜗牛爬过，会在沙拉叶上留下黏液，这是它行进的痕迹。千年之后，一个人又要留下什么，才能让后人得以解读他的生命轨迹？

我一生中遇见过无数的人，他们当中本来也有人可能会成为我的朋友，最终却都被时间无情吞噬。我的生命中没有留下任何关于他们的东西——一丝痕迹、一个印记都没有留下，什么都没有。我却为何要穿越数个世纪独独去喜爱那个他？

为什么？所有的疑问，所有关于疑问的疑问，都带着无以言表的震颤之力不断涌出，每一次都夹带着惊喜，反反复复。该怎么解释“朋友”这个词呢？它原本是说“通过交往而成为朋友”，但我们并非如此。“因为一个是他，一个是我。”

当我想到他，我有时会凭借某种假定、某种倾向、某种狂妄对自己说：“因为，他就是我。”

当然，这不是真的。然而，只需要一刹那的身份重叠，电光火石间的合二为一，两者在恒星时钟千分之一秒的时间内用同一个声音说：“我，就是你。”

这，是真的。

那年春天，在中国

未来灿烂绚丽
人们满怀期待迎接明天

那年春天，在中国，未来灿烂绚丽。人们满怀期待迎接明天。国家领导人宣告了历史上一个伟大时刻的到来，国家将保障全体人民的幸福。流血的日子刚刚过去，一点点和平都是福音：人们扬眉吐气，卷起袖子分田分地，让历史的河流重回它应有的河道。日本侵略战争是日本军国主义给中国带来的噩梦，内战则是一系列的地震。人民的新领导者是冷静、正直、务实的人，他们知道要往何处去。群众对此十分有信心。历史也如此希望。

1790 年、1830 年、1848 年、1870 年、1917 年，这些年份都曾带来过希望，但每一次持续的时间都不长，少则三个月，最长也不过三年，接踵而来的则是更多的失望，再然后就是半个世纪甚至更长的时间里的对这个希望的失望。（但值得注意的是，在希望期间播下的种子通常是在很久以后才会有收获的：1793 年发生的法国大革命并没有让民主共和开出绚丽之花，但受其影响，二十世纪的法兰西共和国在经历了恐怖时代和拿破仑的统治后并没有变得不堪入目。）

那年春天，老舍刚刚写完话剧《龙须沟》，故事以对北京一条街道的臭水沟的整治为背景。老舍说，为人民服务没有小事。他一边笑一边说：中国至少需要半个世纪来恢复秩序，让一切走上正轨——包括清理人民的排泄物。老舍离开美国，放弃在那边的名声和优渥的生活，回到他的中国来帮助她脱离苦难。他最初的代表作是一部描写黄包车夫生活的小说——《骆驼祥子》，可那已经是过去式了。而今的这部新作展现了他细致敏锐、悲天悯人、诙谐幽默的特点，丝毫不煽情，风格偏冷硬——这并不代表作者的心也冷硬，而是恰恰相反。我非常喜欢老舍，他是一个不断进取的人。我一直没能弄清楚“文化大革命”中他的死因：是饱受摧残而死，还是因为绝望而自戕？警察把他妻子带到西湖[1]，布单覆盖着一具尸体。警察掀起布单的一角，露出死者湿漉漉的双脚。“这是他穿的鞋吗？”“是。”然后她就被带上了车。她说，这之后，她才开始痛哭。

我去杭州的前一晚曾与老舍和著名演员梅兰芳一起吃

① 译按：原文作西湖（lac de l’Ouest），应为作者误写，老舍所投之湖当为北京太平湖。

晚饭。梅兰芳是一位高雅的绅士，非常有教养，是一位很谦逊的人。在《霸王别姬》里，这位京剧大师对于旦角的诠释是那么细腻、准确、感人。当演出结束后，在他的化妆间里，我都不知道自己是在和谁说话，是剧中的妙龄女子，还是我两天前在才华横溢的郭沫若家邂逅的那位成熟男性？

那天晚上，梅兰芳和老舍拿那些过于“虔诚”和教条的马列主义文化官员开玩笑。当时的某些文化官员试图剔除京剧和古典剧目中所有“迷信”因素：狐妖、仙女、术士。梅兰芳说：“你能想象吗，在《贝洛童话》里不许出现仙女和魔法棒，而让变身后的灰姑娘和癞蛤蟆从老巫婆的嘴里跳出来！”

据长期观察的经验，我一直认为，为了迅速地实现社会主义，生硬地、脱离实际地执行一些过于简单和浅显的原则，是使人对其产生怀疑，并由怀疑发展到中断的根源。一切是从对文化政策及其荒诞性的批判开始的，最初的批评者包括日丹诺夫、周扬，及其在匈牙利、捷克、朝鲜、罗马尼亚等国的同道。但最后，这场文化批判与共产主义原则发生了偏离。我们可以直言不讳地说，刚开始时还只是思想界的知识分子忍气吞声，吃了不少苦头，而工人、工程师、学者、技术人员等专业人士还能幸运地置身事外。直到有一天，所有人都觉察到了不幸，各行各业的人都意识到自己正面临危机。最终，虚幻的城墙瞬间倾覆，废墟上腾起可怕的尘雾，遮蔽了人们的视线，也模糊了人们的思想。

湖畔丘陵

在竹林中，溪泉边，柳荫下，以及合欢树和水栗的中间，石碑遍布

我们是在春夏之交时来到杭州的。这时的中国东南部，天气乍暖还寒，有时还能感到浸人肌肤的寒凉，有时专属夏季的闷热又扑面而来。中共杭州市委的一位同志，蓝色工装右胸的口袋里骄傲地别了七支笔（活动铅笔和圆珠笔）——这是他身份的重要标志。他难掩不满情绪，因为从北京一路到杭州，一个曾在巴黎留学的籍籍无名的教师被安排来陪同我，而我们之间竟不需要翻译就可以沟通自如。看来市委和这位同志之间相互“报告”的工作做得还不够到位。为了减少他的不满，我们接受了他的安排：上午在他或其他主要负责人的陪同下参观那些指定的工厂、车间、合作社、中小学、医院、革命烈士纪念馆和军营，便于他向上面交差。但在下午，我则要求给我自由时间以便整理笔记。

有些日子，天气很潮湿，太阳被蒙上一层白雾，空气

中弥漫着水汽，蜘蛛网上凝结着细小的水珠，云层灰暗；而有些日子又艳阳高照。所有的水上城市都一样，不管是威尼斯、斯德哥尔摩，还是杭州，这种艳阳天并不会让人觉得干燥或酷热。这座城市离海很近，紧靠长江三角洲入海口，江流穿城而过。我们入住之处就在西湖之畔。对于这个我们即将去探索的、拥有著名的西湖的城市，我的旅伴罗大冈和我一样兴奋。他在法国（和瑞士）生活过，翻译过许多描写西湖的唐宋诗词，可此前却从未踏足过这个地方。

为了远离那些贩卖纪念品的小店、茶叶小贩和小吃店，我们离开湖岸去西北边的灵隐寺，或者去六和塔，塔下是一处江湾。沿岸的商铺总让人产生来到了“马恩河畔的诺让镇”[①]的幻觉——世界上的著名景点差不多都会给游客留下相似的印象。那年春天，中国还没有可口可乐、百事可乐，但杭州却有着丰富的旅游文化传统。西湖周边的丘陵被踩出了许多小路，我们满怀喜悦地前去探索。罗大冈当时还不知道他能在哪些方面和我有共同语言——外国人，哪怕他们“思想正确”，在当时都仍有可能招来极大的“麻烦”。但慢慢地，罗大冈开始意识到如何能与我产生共鸣。尽管他已经知道我们在广阔的领域都能达成共识，却依然十分谨慎。我显然不属于无视传统的人——当时某

① 译按：诺让镇是法国的一个旅游小镇，位于巴黎近郊。

些人鼓吹，应该把中国五千年的文明视作“封建”残余连根拔起，彻底清除。当他发现我喜爱诗歌，甚至可以算得上个诗人时，这才长舒一口气：我们有足够多的共同话题。

登山途中，在竹林中，溪泉边，柳荫下，以及合欢树和水栗的中间，石碑遍布。我们读到的第一通石碑隐藏于一丛杜鹃花之中，是歌颂大诗人杜甫的，刻着“独占鳌头，鸿隐凤伏”[1]。我在记事本里找到了当时抄录的碑文和诗句，这些刻满文人墨客诗文的石碑曾遍布杭州山林，但现在却没剩下几块了。在大规模的群众运动中，红卫兵捣毁了这些“可耻的封建残余”和“国民党反动统治痕迹”。他们“虔诚”地用铁锤砸碎了屈原、陶渊明、白居易、李白、杜甫的诗碑。可是，那年春天，林间小径旁和低矮灌木中的石碑还未遭荼毒。小路周遭是各种“反动”句子——“无边落木萧萧下，不尽长江滚滚来”（杜甫），“人将红粉争花好，花不能言惟解笑”（欧阳修）……我们甚至惊讶地在灌木丛里发现了佛家的偈语：“一切有为法，如梦幻泡影，如露亦如电，应作如是观。”这些出自《金刚经》的短偈，用比喻告诉我们人生苦短，要顺时应势，遵从命运。可是，这位在罗大冈的引荐下，我即将在杭州与他和他的作品相遇的诗人，却是饱受朝廷政令摆布的“失败者”。

① 译按：法版原文为“qui chevaucha la Licorne et se cache derrière le Phénix”。

我是在一块被露水打湿的石碑上读到他的第一首诗的，与开在路边的鲜红的芭蕉花相得益彰：

人生到处知何似？应似飞鸿踏雪泥。

泥上偶然留指爪，鸿飞那复计东西。[1]

我在认知远东的最初几年，接触到了各种东方思想：掺杂着道教虚无主义思想的中国佛教遁世观、日本歌颂短暂之美的物哀观……一开始我认为，用轮回观看待生命的脆弱和短暂，这只是表象，其中必定还蕴含着哀怨与忧伤。因为生命如此短暂，这本身就让人难以接受，如果还要一再让它循环往复，这是否足够理智？随后我发现，实际恰恰相反。吹破天的牛皮，也可以被讲得十足凄惨或无比真诚。习惯于生命的偶然与无常，结绳记事以提醒自己时光转瞬即逝。人不是为了活着而活着，这种精神上的清洁法实际就是为了让人保持精神愉悦——就算不能使人感到幸福，至少可以让人心境平和，精神振奋。

我的哲学家朋友们从未认真看待过我的哲学假设。学校教育我们，还有那些知识界的“流行”思想大师们会这样告诫我们：正确地评价一门学说或一个理论，不能依据“真相”的准则，因为哲学界的真相并不是恒定的，它通常很模糊。燕子确信一天始于日出，蝙蝠认定一天始于日

① 译按：节选自《和子由渑池怀旧》。

落——两者的认知都是正确的。

中国的思想家对“真相”表现出异常的谨慎。中国人有一则比柏拉图演绎的洞穴神话更早的类似寓言，苏东坡曾从中大受启发。寓言讲的是，一个天生的盲人想在黑暗中揣测什么是太阳。他问别人，太阳像什么？有人答：像个铜锣。盲人翻来覆去地摸着铜锣，听到它发出声响，于是说：“我知道了。”当他听到隔壁寺院僧侣敲锣时，喊起来：“这是太阳。”旁人告诉他：“太阳像这根蜡烛。”盲人把蜡烛拿在手里摸来摸去，最后说：“太阳原来是这个形状。”随后他点燃了蜡烛，手指被烫了一下：“我现在知道太阳到底什么样子了：像铜锣，用锤能敲响的锣；像一根圆蜡烛；像一簇小火苗。”他身旁的明眼人都知道太阳不是铜锣，不是蜡烛，不是火苗，但为了不让可怜的盲人难过，他们让他以为太阳是铜锣、蜡烛、火苗，而不是太阳本身。这则寓言说明，人可以因为无知、固执、懒惰、狡黠、恶念而隐瞒真相，但有时也有可能是出于同情。

明月挂柳

月亮慢慢脱离了柳枝织就的网，
升上中天

一天下午，我和罗大冈的午觉时间比平时更长，散步就推迟了些。天色澄明，气候舒爽。穿过长满竹藤、石榴树、野桃树、枣树和刚开始挂果的杏树，以及一片紫色花海，我们登上了小山顶。一只鹤从湖面掠过，黄鹂在竹林间鸣唱——这种鸟类似灰鸫，叫声极富韵律，在中国被视为鸟中音乐家。一只类似法国红鹎的体型很小的隼，在我们头顶盘旋，搜寻我们看不见的猎物。我很难叫出各种在树上窥视我们，或被我们惊飞的鸟的名称——大部分我都不认识。罗大冈则比我知道得更少。中国的鸟类于我而言是一个知识的盲点，以至于当我认出一只狡猾的、胖乎乎的（如果这个词能用来形容那么个小东西）灰雀飞过时，我才被认知拉回现实。我们时不时跨过小桥，山涧瀑布欢快地流淌，银色水花珠玉四溅。一株繁花盛开的李树下，罗大冈在一块石碑上识读出几句小诗，诗意如下：不经意的风，吹皱一池湖水。湖水如蓝色镜面，温柔守护未被触及的天空。我没有皱纹，镜子撒了谎。[①]

但那天下午的明镜没有撒谎：水面光滑如镜，时光缓缓流淌。

那天，我们散步的时间比平时长。黄昏时分，我们下山来到河边游泳。罗大冈的蛙泳姿势让他看上去像个初学游泳的孩子——当他划水时，表情看上去相当的惊讶和不自信，仿佛对于自己没有一沉到底的事实表示难以置信；而对于自己居然还能往前游，则像是看到了奇迹。我们在太阳下晒干身体。罗大冈有些兴奋，挥舞着手臂说："是我说的'带上泳裤'吧！是我说的'咱们到湖里去游泳吧！'"我俩疲惫不堪地在湖边草地上赤膊晒着日光浴。这在一周前是无法想象的——在北京，罗大冈显得十分严肃，一板一眼，绝不逾矩半分，对于我对"神圣"主题所提出的一些比较模糊的建议不置可否，以免招来指责。现在，就算我用略带嘲讽的口吻谈论"七支笔"同志，他也只是微微一笑——不是中国人那种常用来掩饰尴尬或内心情绪的官样微笑，而是默契的，差不多属于共谋者的会心微笑。（中国人的微笑，有时是化解尴尬，抽身事外的一种方式。）

我们闭着眼沐浴在阳光里。夏末日暮的金色光线，像

① 译按：原书诗人名作"Sia Tao"，暂未识别诗人姓名和查见原诗（或词），望就教于方家。或疑原书著录拼音时即有误，如第59页"孙位"原书即误作"Su Anwei"，实应作"Suan Wei"。

一把锋利的镰刀，扫过水面和山丘，移到我们脸上，让我俩想起了巴黎。罗大冈激情中带着忧郁，说起那些让他感怀而悲伤的词句和咖啡馆（如卡布拉德咖啡馆、源头咖啡馆）、图书馆（如青年吉伯尔图书馆、维澜图书馆、法兰西大学联合出版社图书馆）的名字。我向他描述德占期间和解放后巴黎的变化，尤其是那些消失的商店和建筑。他说：“如果有一天我能重返巴黎，可能什么都认不出了。”我安慰他：“不要说‘如果’，而要说‘当我重返巴黎时’……如果你不能全部都认出来，至少拉丁区，它，认得出你……”

穿上衣服，我看了一眼放在夹克衫里的手表，发现已经很晚了。返程路上，天色渐暗，天边落日余晖绚烂。我们突然感到饥肠辘辘。不远处，有一队十二三岁的少先队员，他们刚刚爬完南皋山，正在柳树下野餐。罗大冈翻译了一下，说他们的领队愿意和我们分享食物，于是我们吃到了一顿免费的晚餐。

从广东来杭州游玩的孩子们，说着与北方通行的普通话完全不同的粤语，他们的笑声，他们的和善与好奇，让人放下戒备，轻松自在。我们分享着新朋友的虾仁饭，完全忘记天色已晚。突然，我嚷道：“罗，看！月亮！……简直就像挂在柳枝上似的……”“像一面蛛网……”罗大冈说。

走回住处需要一个多小时。月亮慢慢脱离了柳枝织就的网，升上中天。我们一路沐浴在珍珠般的奶白色光线里，它比真正的日光弱。潮湿的湖边和周围的水汽让它看上去像一个发亮的虹色水泡，人仿佛置身于围绕着这个冰冷星球的虚幻的、同心圆般的白色空间里。仿佛面对着锡耶纳的原始绘画，或是《神曲》插图里被越来越大的光环笼罩着的基督和圣母玛利亚。来自我们视域之外的光，拥抱着整个宇宙。我们一言不发——并非累得不想说话，而是被一种不可思议的情绪捕获了。我们都感觉宁静祥和，只觉身处于世界的中心，在银色空洞里，在夜与昼之间，在月与日之间，在此刻和当下。

直到到达旅馆前的河岸时，我们仍然沉默着——月亮的沉默。罗喃喃道："啊，罗阿先生，这湖，就像一首法国诗：'哦，时间，请停住你的脚步……'"

我不是拉马丁的崇拜者，只读过他的几篇散文体随笔（如《吉伦特派史》）。但那天晚上，在埃尔维尔之外的另一个湖畔，我的朋友罗大冈所理解的法国文化并没有让我觉得滑稽或不合时宜。月亮挣脱了柳枝对它的束缚。随着时间的流淌和月亮的缓慢移动、消失，我们离开地面随之飞舞，飘浮。

冰轮高悬

我看到了高悬的冰轮，
就像苏东坡所曾看到的一样

翌日清晨，我醒来后去楼下喝茶，罗让服务员转告我他去城里买东西了。回来时他带着一个包裹：“一个小小的礼物。”他想送我一个关于昨夜月光的礼物。

这是一本苏东坡诗选，对这位宋代诗人，我知之甚少，或者应该说是一无所知。

“请原谅，这是本旧书……不是新的——我运气不错，在一家旧货铺找到的。”

（我后来才知道，苏东坡和许多古人一样，都是那个“山雨欲来风满楼”时期的牺牲品。在千年前的那场著名的“新政”论战中，他属于“反对派”。后人对他的评价远高于当时他所处的地位。按当时的共识，苏东坡不属于从根上就坏的“毒草”，但人们也不会对他格外施以青眼，所以其作品售罄后也不会急于再版。——一个错误的想法往往会导致人们“无法全面地了解过去”。）

罗大冈解释说：“我觉得您应该读一读这本书，因为昨天，在完全不知道他的情况下，您差一点吟出了他的诗句……还记得吗，当我们看到月亮穿过树梢时，您说：‘月亮好像挂在柳梢上。’”

“是的……我就是这样觉得……”

罗大冈拿过我正在翻阅的这本书，找到一页开始翻译起来。我俩的友情就从这一刻开始了。或许应该说，我们的友情就是“来自”苏东坡，或是“为了”苏东坡而生出的？

微风萧萧吹菰蒲，开门看雨月满湖。
舟人水鸟两同梦，大鱼惊窜如奔狐。
夜深人物不相管，我独形影相嬉娱。
暗潮生渚吊寒蚓，落月挂柳看悬蛛。
此生忽忽忧患里，清境过眼能须臾。
鸡鸣钟动百鸟散，船头击鼓还相呼。[1]

苏东坡这首诗写于他在1079年前往湖州就任知州的途中。湖州在浙江，位于杭州市的北面。他一生仕途起起落落，不断蒙恩又转而失宠，遭遇远逐流放后又被召回。他经常贫困潦倒，但也享受过富贵荣华，一生正直，是个真正的异类。他是天生的诗人，而远非政客，看重友情胜

① 译按：《舟中夜起》。

过金钱。苏东坡与王安石只见过几次面，在政治上，不论王安石大权在握还是改革失败，苏东坡都是他的敌人，但他们又曾一同写诗，谈论自己欣赏的诗人，或者（就像我在杭州遇见苏东坡）为了某些“诗意”的小感觉而唱和，又或者为了品评一则精妙的比喻或文字而相聚。

我们在湖畔的这两夜与苏东坡相隔千年，隔了那么多个朔望，同一轮挂在柳梢的月亮触动了一位远在宋代的中国人和一个二十世纪末的法国人。这，难道不是一个奇迹吗？

不是，也是。这实在是一个奇迹，一种难以言喻的奇迹。这和因为本能而表现出来的扩张、维持、捍卫生命的奇迹不可等同而语。它不同于被异性吸引或拒绝而产生的欣喜或绝望，亦有别于因为母爱、父爱、血缘等因素而表现出来的无畏、无私——这些都是出于生命的本能，是人之天性——总之，是鲜活的。另一种奇迹则不在此列，因为鲜活的生命并非人类所独有，而是所有生命体的共性：从毛虫、蝌蚪到罗密欧、伊瑟、斯宾诺莎和爱因斯坦，皆是如此。这是物种生存不可或缺的原始感知，是绝对的“必要”。生命延续的本能不是奇迹，或者说，这只是一种普遍的奇迹，因为生命得不到延续便会沦为虚无。“人”“人类”“人性的”“人文主义”……这些词虽然美好，但常常显得空洞宽泛，就像大而空的背包，软弱无力。人们可以赞美“他富有人性”，也可以说“你想怎样，这就是人性”以表达沮丧泄气。同一个词，用法不同，其义迥然。然而，我们不应该挑剔生命之树结出的美丽果实，也不该傲慢地认为“四海之内皆兄弟”之类的论调太过平庸，不值一提。事实上，人类的本质就是如此，当人饿着肚子为了生存而挣扎时，当人感知到爱和快乐时，当人被怀疑或被信任，或感到幸福和烦恼时，人类的确表现出了人性。

真正奇迹的令人惊叹之处和妙不可言之处，在于当你和人类最出色的人物邂逅时的惊喜——这不是基于共同的遗传基因或相似的生活境况的相遇。那一年杭州的春天和罗大冈的陪伴，让我此后在很多年里一直潜心于从最为“寻常之处”去探究伟大的苏东坡。他用简单而准确的词述说爱妻亡故、生离死别的痛，被放逐贬谪的悲，被盘剥农夫的惨和被羁押囚犯的苦。苏东坡用人生的“大事”，从生命内核的正中心直击我们的心脏。但是，他也能用别样的清新方式，准确地讲述身边的“琐事”：十二月某个清晨落下的雪花，雨水洒落江面的声音，迎接主人回家的大狗乌觜那湿漉漉的鼻子，粘着清晨露珠的米粒，马镫被卸下那一瞬间的骏马，以及诗人靠在柳树干上忽然听到的开年第一声布谷鸟的啼叫……

我看到了高悬的冰轮，就像苏东坡所曾看到的一样——当然，还有别人也曾看到。在另一首诗里，他说月亮“皎如大明镜”。此外，他还描写过月亮悬挂在泡桐树梢上的情形。[①]这或许只是诗人们在诗词间反复使用的某种比喻，抑或他们在“发明”这种比喻时并不知道前人已经有过类似的先例（但当苏东坡写下“起舞弄清影”之句时，他确实是借鉴了李白的诗句的）。我在那个月圆之夜的湖畔邂逅了苏东坡，这之后的很多年里，从古希腊的阿尔基洛科斯到美国新英格兰的艾米莉·狄金森，我都进行了研究，搜集了所有描写月亮意象的诗，他们都用过“挂”“悬”“系在高处”等词。三十年后，我写了一首题为《隐喻的迁徙》的诗，月亮的意象借由一条线索，穿越一个又一个世纪，进入一个又一个灵魂，或许能以此解释诗人们的信仰：

假设灵魂能从一个躯壳进入另一个躯壳
一如旅人从一间旅舍前往另一间旅舍
除非，每一个
因相似而被归类，因不同而被定义的
初来世间的人
能保有，如同一位哲人所命名的
“生命本质的镜子”
用他新生的，完全不同的眼睛

① 译按：该句为“缺月挂疏桐”。

以与前人一样的方式，凝望
那轮悬在苍穹的明月

这不是命运的必然，而是偶然的邂逅、擦肩，以及重逢，让我在审视它的过程中不断感到惊奇和愉悦。苏东坡并不是堂而皇之地跨越天国之门而进入我的生活的（这道门他曾无数次骄傲地跨过），而是在最不经意间，以一种寻常的姿态，通过一道窄窄的门，推门而入。苏东坡擅长把再平凡不过的时光与生命中巨大的不确定性编织在一起，比如用鱼跃出水面激起的银色水花慨叹时光流逝，用啾啾鸟鸣追忆旧日幸福时光：

明月如霜，好风如水，清景无限。曲港跳鱼，圆荷泻露，寂寞无人见。紞如三鼓，铿然一叶，黯黯梦云惊断。夜茫茫、重寻无处，觉来小园行遍。　天涯倦客，山中归路，望断故园心眼。燕子楼空，佳人何在，空锁楼中燕。古今如梦，何曾梦觉，但有旧欢新怨。异时对、黄楼夜景，为余浩叹。[①]

① 译按：《永遇乐》。

人微言轻

罗大冈和我仿佛回到1079年的中国，在那被扬子江和运河所环绕的洲渚上找到了一块清静之地

那年，我在中国待了数月，罗大冈和我过着“双重生活”。我开玩笑说：“我们用苏东坡‘糊弄’了毛主席。”[①]（但罗大冈不觉得好笑，反而因为话语中的不恭敬而有点害怕。）

自1949年中华人民共和国成立以来，中国成为一个巨大的“建筑工地”。在这个经历了军阀割据、殖民压榨、日本侵略和流血内战的废墟上，百废待兴。人们开始重整河山，种植庄稼、解放妇女、振兴教育、重视健康、疏浚河道、启蒙民众。中国卷起了袖子。（不久人们就会发现，他们自以为是卷起袖子搞建设，但其实随之而来的还有一系列的冲击。）

① 译按：作者受邀到中国参观访问中华人民共和国社会主义建设新成果，但他却与罗大冈在按官方计划参观访问工厂、学校等的同时，研究翻译在当时被视作“封建残余”的苏东坡诗词，故以“双重生活”作喻，并称用苏东坡“糊弄”了毛主席。

那年，我在中国走访了许多地方，很多时候并没有罗大冈的陪伴。而当跟他在一起时，我们每天都会翻译两到三首这位千年前诗人的诗作。那个时候，中国的火车还肩负着道德说教的功能——从北京到广州，或者从杭州到西部，列车里的高音喇叭数小时不间断地教育、激励和劝诫着我们，声音震耳欲聋。播音员无休无止地播报列车途经城市的革命史、钢铁和纺织品产量、主席最新语录、周恩来出席人大会议等消息。作为中场休息，还会插播《解放军进行曲》、解放军合唱团男声百人大合唱《东方红》——每每唱到副歌，还要停顿下来，加上那个时代最伟大的两个名字：毛泽东、斯大林。在雷暴般巨大的声响和河流般倾泻而出的词汇中，罗大冈和我仿佛回到1079年的中国，在那被扬子江和运河所环绕的洲渚上找到了一块清静之地。我们假装没有听到那些斗志高昂的声音，努力寻找恰当的法语语句去对应苏东坡的诗句，写下与那些从列车高音喇叭里倾泻而出的内容大相径庭的诗句：

水光潋滟晴方好，山色空蒙雨亦奇。

若把西湖比西子，淡妆浓抹总相宜。[1]

广播里播送着时任文化部部长的会议讲话，他针对文化扫盲工作提出的“三不要”“四要”听得人昏昏欲睡。

① 译按：《饮湖上初晴后雨二首》其二。

这时，罗大冈以不易察觉的从容，大胆地拿出本子写起来，然后把本子递给我看：原来是苏东坡的一首小诗，写于他参禅（“封建思想”）的那段日子：

钩帘归乳燕，穴纸出痴蝇。
为鼠常留饭，怜蛾不点灯。[①]

当我在广东的时候，罗大冈去北京大学图书馆查阅了1822年由王文诰辑刻的《苏文忠公诗编注集成》。每个星期，我们翻译小本里的内容都在增加。

宋代文人留下了浩如烟海的诗词，从苏东坡到他的老友兼老对手王安石，他们留下的诗歌数量都是以千计而非以百计的。全唐诗共计四万余首，而宋代，仅苏东坡就留诗2400首，王安石有1400首，杨万里则有3000首，这其中还不包括“赋”。[②]赋是一种介于散文（骈文）和诗歌之间，以相对自由的韵律进行叙述的文学形式，不可歌唱，只可诵读，且以一种类似念咒的方式诵读［正如可以为每一种事物找到与其相似的事物一样，我们可以把赋和说唱

① 译按：节选自《次韵定慧钦长老见寄八首》其一。

② 译按：作者所统计之苏、王、杨诗作总数与当今中国学者统计有所出入，仅代表作者自身观点。

（rap）进行类比]。[1]和罗大冈在一起的几个月，以及后来和其他朋友对宋代诗歌宝藏的共同探索，让我认识到一个真相：这些文人墨客并非写下了大量的诗歌，或者更准确地说，他们所写的不仅仅是诗歌。在那个漫长的时代，诗歌是他们的共同语言。诗歌可以表达一切，从百草到哲学，从江湖之远到庙堂之高，从史实考据到谶纬之说，从心理之学到炼金之术，从米酒幻育的人造天堂到爱欲带来的肉体感知。

在二十世纪的千禧年到来之前[2]，在我们的"双重生活"期间，沉浸于苏东坡的作品并不能让我们绕开中国的五十年代——那似乎是一个光明照亮黑暗的年代。我在上海碰到我的老朋友、意大利电影导演吉洛·彭特克沃，他反复说："中国的问题（problematica，意大利知识分子特别爱用这个词），迄今为止，千年来都没有变过。"只需要一个例子就可以佐证吉洛·彭特克沃的话不无道理：三十年间，王安石先被看作进步思想家（二十世纪五十年代），然后又被看作排除异己、独断专行的反面代表（打倒"四人帮"后）。

① 译按：作者为让西方读者更易于理解赋与诗和散文的区别而做此比喻。虽以中国人的眼光看，该比喻对于赋的真实韵律特点有所偏离，但在西方大众对中国文化并无深入、专业了解的情况下，此类比亦不失为一种权宜的说明之法。

② 译按：本书法文原版首次出版于1994年，故有此说。

当我必须告别朋友返回法国时，和我有“合作关系”的罗大冈已经发生了些许变化。我觉得他的变化比我的大，因为他会毫不犹豫地把一些尖锐的批评，或一些看似“大不敬”的想法告诉我——他当然比我知道得更多，即便没有因此感觉幻灭，但至少觉得不安。很久以后，他对我说：“面对不公正、粗暴和错误，一开始人们会觉得这些只是前进路上的障碍……但随后你会发现，其实是方向发生了偏差。”

有一天他说：“当我看到某个‘干部’非要把在我看来十分荒谬的观点强加于人时，当他们对一个正直但不‘听话’的同志严加防范时，当他们媚上欺下时，我告诉自己，为人民服务，其实是为了保护自己而保持沉默。后来我意识到沉默并不能服务于人民，如果说出来能让人民过得更好，就应该说出来。”

“那你说了吗？”

罗大冈垂下眼帘，微微扯了扯嘴角：

“我人微言轻。”

随心而活

自认不是一个驯良的愚忠之臣，他更愿意把自己比作林中麋鹿

苏东坡年轻时便深感世事无常，生命脆弱，所爱之人不能长相厮守。随着时间的推移，在经历了生活的苦难、葬礼、父母离世，以及最为残酷的、年轻结发妻子的亡故（她十五岁便嫁给苏东坡，去世时年仅二十六岁）之后，苏东坡日渐沉稳，却从未失却热情与慷慨。他坦然接受痛苦与幸福带来的一切。年轻的妻子从未被他忘怀，而是常在梦中与他相会：

> 十年生死两茫茫。不思量，自难忘。千里孤坟，无处话凄凉。纵使相逢应不识，尘满面，鬓如霜。　　夜来幽梦忽还乡。小轩窗，正梳妆。相顾无言，惟有泪千行。料得年年肠断处，明月夜，短松冈。[1]

① 译按：《江城子》。

苦难、失意、连续被贬，都没能夺去苏东坡的勇气。他一生逐月求光，以照亮本心；向水求净，以濯洗凡尘。

江月照我心，江水洗我肝。
端如径寸珠，堕此白玉盘。
我心本如此，月满江不湍。
起舞者谁欤，莫作三人看。
峤南瘴疠地，有此江月寒。
乃知天壤间，何人不清安。
床头有白酒，盎若白露泫。
独醉还独醒，夜气清漫漫。
仍呼邵道士，取琴月下弹。
相将乘一叶，夜下苍梧滩。[①]

世上有两种不易得的状态：祥和和快乐，苏东坡却能集二者于一身——虽然我们无法断定这二者孰多孰少。佛教有最好的法门，道教有修炼的秘方，各种宗教典籍都有不同的通往祥和的路径，但祥和却常常因恶念、诸神的疏忽、失序或身体衰老而受到惊扰，人们也可能在遵循教旨、实际修炼的过程中，因太过沉闷无聊而失了分寸、走火入魔。而快乐的情绪本身就是大智若愚。苏东坡在大智若愚和表面憨傻之间准确地保持了一种平衡。面对厄运，他从

① 译按：《藤州江上夜起对月赠邵道士》。

容、勇敢，用高贵的气质保持着灵魂深处的快乐。快乐成了他性格中不可或缺的一部分。出于对古罗马那些爱抱怨的大祭司的恐惧，连摩西十诫都不敢把快乐列入其中。但实践证明，大多数真正值得尊敬的人，无论是智者、圣人、建筑工人、神职人员、专家学者、船长、军事指挥官、改革家、天文学家或数学家（别忘了，还有棋手或赌徒），都拥有欢愉的源泉。而欢愉本身又与悲剧情绪相关。

苏东坡从不认为人生之路全是玫瑰花瓣铺就。他曾说过，在活着的三万六千个日夜（人能盘桓世间的最长时限）里，有一半是年老体衰和病痛缠身的日子。快乐之后是痛苦，欢笑后面是眼泪。人是受上天操控的玩偶。他的父亲是一个有才情，受人尊重但却时运不济的大器晚成之人（几次科举考试都未中举），最后和两个儿子一同走上求仕之路。苏东坡和弟弟一鸣惊人。从政路上，等待他们的将是党同伐异的政治争斗。苏东坡自认不是一个驯良的愚忠之臣，他更愿意把自己比作林中麋鹿，而不是一匹戴着银嚼子、被丝绸缰绳困住的马——看上去奢侈华丽，实则难以忍受。他有一大家子人要养活——他把家人看得高于一切，但弟弟子由却因为朝廷心血来潮的旨意，与他天各一方。苏东坡一生像一个球，不停滚动，走过千山万水，从驿站到任职地，从荣耀加身到失宠被弃，从一方长官到阶下囚徒，从北宋东北边陲到海角天涯，从大陆的温润气候到海南荒岛的酷热难耐。每当他要停下脚步，建一间茅屋，垦一块荒地，当一介乡绅农夫，结交新的知音友邻……日子过得稍微有点起色时，朝廷就会召唤他，或者是起复录用，或者是因为他的政敌重握权柄而被发配到更加偏远的地方。

我们或许忘了地球之大，出行需要耐得住路途遥远之艰辛。在幅员辽阔的中国，人在旅途需要花费更多的时间。年轻时的苏东坡有效利用了回乡奔丧、走马上任等机会饱览沿途风光，探访亲朋好友。1056年，苏父带着两个儿子用了两个月时间赶赴位于今河南的开封府参加考试。开封是宋朝的四京之一，是为东京。苏东坡在三百八十八名考生中名列前茅。当时的元老级文豪欧阳修对这位极具天赋的年轻人印象深刻。他曾写道："读轼书，不觉汗出，快哉快哉！老夫当避路，放他出一头地也。"[①]

此后不久，苏东坡的母亲就去世了，临去都未能得知这个好消息。苏东坡需要服丧二十七个月。当时他刚和一位年轻姑娘结婚，新婚的快乐稍稍冲淡了丧母之痛。服丧期满，三苏父子又踏上返回京师之路。他们沿长江走水路，然后改走陆路，经江陵、襄阳到开封。于当年十月出发，第二年（1059）二月才到达，路上用去五个月。这一路，苏东坡不断增长见识，开阔视野，在脑海里镌刻下一幅幅

① 译按：欧阳修《与梅圣俞四十六通》之三十。

大自然的画卷。他的第一本诗集《南行集》[1]语言雄浑有力，表现出精准的观察力和对于探索发现的无尽喜悦。他一路倾听农夫、船工、官员和士兵的讲述，这让他有了雨果在《见闻录》中所说的多重视角和多重听觉：睁大眼睛，竖起耳朵，心中有人，笔下有灵。

那个年代，从四川出发沿长江而下是一次冒险之旅——旅人往往不知能否活着到达目的地。船只要穿过数百里长的三峡：瞿塘峡、巫峡和西陵峡。下水前，船工们要用很长时间观察江水水位、流速、岩石与暗礁处的最低水位、漩涡上方盘旋着的苍鹰、最危险航段的能见度等。一艘船下水后，在未得到其成功通过航段的消息之前，别的船不能下水通行。岸上有士兵手持红旗指挥船只的前进或停止。有时候甚至一等就是好几天，这样才能确保江上条件足以让船只安全通过三峡。乘客们对船工们的经验深信不疑，并乐于听从水神的建议。水神，是人们给岸边岩石上的一道裂缝所起的名字。每当旅人进入岩石裂缝的空洞里大喊："我渴了！"就会有一股清泉流出。当你走近那个充满危险气息的岩洞时，万籁俱寂。猴子向旅人乞食时发出的尖叫声、乌鸦的聒噪声全都消失了，只剩下旅人的心跳声。在这部纪行诗集的第一章里，苏东坡表现出了

① 译按：又名《江行唱和集》。该集为三苏父子此次舟行六十天途中所作一百多首诗文的合集，非苏轼一人之集，其中苏轼有诗四十二首，是现存苏诗最早的一批作品。作者言此集为苏轼第一本诗集，不确。

他惊人的才情。在1059年第二次北上[1]的一首诗里，他一字字、一行行，把人带入惊心动魄的江上穿行场景（法语译文不能忠实表达原文，因为在一种多音节的语言中，诗文原本急促的节奏被变慢了）。在对穿行三峡经历的描写里，没有片刻风平浪静。在他的诗中，一切都在跃动、向前：奔腾的水流以可怕的速度裹挟着船只和旅客飞速前行。读者被激流的意象和诗人暴风雨般的隐喻震惊到无法呼吸：

船上看山如走马，倏忽过去数百群。
前山槎牙忽变态，后岭杂沓如惊奔。
仰看微径斜缭绕，上有行人高缥缈。
舟中举手欲与言，孤帆南去如飞鸟。[2]

十九年后，在描写泗水河的《百步洪》中，诗人兼旅行家又看到了同样如快镜头般闪现的湍急水流，听到了船只颠簸着与岩石擦撞的声音和人们的呼喊声：

长洪斗落生跳波，轻舟南下如投梭。
水师绝叫凫雁起，乱石一线争磋磨。
有如兔走鹰隼落，骏马下注千丈坡。
断弦离柱箭脱手，飞电过隙珠翻荷。

---

① 译按：作者原书作“vers le sud”，《江上看山》写于1059年第二次赴京途中，应为北上。

② 译按：《江上看山》。

四山眩转风掠耳，但见流沫生千涡。
崄中得乐虽一快，何意水伯夸秋河。
我生乘化日夜逝，坐觉一念逾新罗。
纷纷争夺醉梦里，岂信荆棘埋铜驼。
觉来俯仰失千劫，回视此水殊委蛇。
君看岸边苍石上，古来篙眼如蜂窠。
但应此心无所住，造物虽驶如吾何。
回船上马各归去，多言譊譊师所呵。

墨痕心迹

匠人只需达到简单的『形似』即可，而文人则应该追求一切事物的本质

当我们谈到西方绘画时，通常会清楚地指出它是“一幅肖像画”“一幅风景画”“一幅海景画”“一幅战争题材的绘画”，因而我们或许也可以把古尔佩的《画家作坊》、方丹－拉图尔的《桌子一角》、莫里斯·丹尼斯的《向塞尚致敬》和马克斯·恩斯特的《朋友聚会》这类作品定义为“艺术和友情的画作”。

宋代文人并不像当代的古尔佩和魏尔伦、塞尚或安德烈·布勒东那么孤独。李公麟的《西园雅集图》，大约作于1087年，描绘了当时的驸马王诜和苏东坡共同召集十四位朋友相聚的场景。这群人中有诗人、书法家、画家，其中就有米芾和李公麟本人。图中，李公麟正在根据陶渊明的诗作画。他笔下的苏东坡身穿道家黄袍，发束高高绾起，画里苏东坡的脸庞要比他在另一幅画像里显得略微丰满一点——另一幅画也是李公麟画的（时

间稍早一点）。那些在场的书法家和画家见证了苏东坡和朋友们的社交活动和艺术创造。如果某一幅画博得了大家的一致赞赏，他们就会在画的留白处书写题跋并钤盖印章，对画作进行评论、阐释和赞颂。随时光流逝，鉴赏家和收藏者们又会在当年那些人的墨宝之外再加上自己的题跋和钤印。人们常谈及乾隆皇帝（1736—1796在位）[①]的轶闻，他是个强权者，但品位有待商榷：曾在黄公望的一幅古画上题写了53首诗评。现存于大阪博物馆的大画家、艺术理论家石涛（早在17世纪就发表过《画语录》）的画卷就题写了苏东坡的四季诗来丰富自己的画作："今借诗以庄吾之笔，每一歌韵，则神气自出。"[②]1974年，迈克尔·苏立文在瓦尔特·奈哈特纪念大会上的报告里说：很难如此创作一幅西方画作，正如不可能让一个著名的欧洲评论家在毕加索的画布上写评论一样。"因为中国人并不是把画作仅仅看作一幅画，而是把它当作一个鲜活的机体，是想象力、文学、历史和个人因素相叠加的产物，随着时间而丰富，不断发展出多重意义，是各种思想与评论的集合体。"

我们不能从苏东坡这一类文人的作品里区分出其作者到底是作家、艺术家还是画家，自然也无法将诗人的书法

① 译按：原书作"1736—1796"，实际乾隆于1795年退位。

② 译按：石涛《东坡时序诗意图》。

从中抽离。对西方人来讲，书法这个字眼令人想到一种严格遵循摹本的书写技法：圆体、斜圆字体、安色尔字体、哥特字体。正如亨利·米修用几个词概括的：“硬挺、保持笔直……像贵族的或是做礼拜时穿的样式统一的紧身衣。”米修把这种对字迹的刻板限制与中国书法艺术充满智慧的自由不羁做了对比：“中国的符号书写方式可以表现得急切、自然、奔放，富有多样性。那种收卷、迸发、劲挺的笔法无可匹敌。”正如作为“诠释者”的音乐家把乐谱上的音符用乐器演绎出来，中国的书法则是对方块字的诠释和演绎。苏东坡曾说：“自言其中有至乐，适意无异逍遥游。”[①] 鉴赏家也可以从一幅书法作品中解读出文本的意义和书写者的状态，如词语所传达的信息，或者是艺术家内心不安或祥和的程度，亦即“灵魂的颤动”程度。书法同时是表达思想或者内在修为的一种方式，是一种书写与个性相结合的体现，以及一种信息传递和“精神练习”。“文房四宝”（笔墨纸砚）不仅仅被用于“呈现”一首诗或一页随感，还要让人感受到作家的灵与肉，能够解读他的“心灵轨迹”。一幅绝妙的书法作品的第一要素是即时性。这种即时性必须仰赖长期的身心修炼。正如庄子所说，要学习“白鹤亮翅”；又如道家所教导的，“吹响呼吸，

① 译按：《石苍舒醉墨堂》。

吐故纳新，熊经鸟申……”[1]

与西方不同，书法之所以在中国备受推崇，是因为它的出现远远早于绘画和构图。在汉朝末年，草书就已不是简单地传达消息的文书形式了。皮埃尔·雷克曼在翻译石涛作品时提到，书法是作者创作表达的组成部分，是一种审美探究。在那个时代，绘画仅仅属于手工艺活动，而书法则是高尚的艺术。画师是工匠，而书法家却属于精英阶层。如果一个人未来想要从仕，就必须学习书法，以期通过科举选拔。皮埃尔·雷克曼还写道：“绘画后来还被看作‘书法的衍生物或者替代品’。”苏东坡既是官居高位的政要、诗人、散文家、书法家、音乐家和画家，也是他那个时代的先锋。他反对拘泥于人物、动物或物体的“常形”，提倡遵循景物的“常理”。在他看来，匠人只需达到简单的“形似”即可，而文人则应该追求一切事物的本质——山峦、岩石、绿竹、流水、天空，取其意气所到，远远超乎对一切现实的平庸描摹。大自然供我们注目静观，能保持精神的自由，既不被自然束缚，也不去搅乱自然的事物，才是道家所说的“常形”。苏东坡认为：

君子可以寓意于物，而不可以留意于物。寓意于物，虽微物足以为乐，虽尤物不足以为

① 译按：《庄子·刻意》。

病。留意于物，虽微物足以为病，虽尤物不足以为乐。[1]

在另一篇文章中，苏东坡在谈及文与可的书法与绘画时，进一步发展了“常形”与“常理”的区别：

余尝论画，以为人禽宫室器用皆有常形。至于山石竹木，水波烟云，虽无常形，而有常理。常形之失，人皆知之。常理之不当，虽晓画者有不知。故凡可以欺世而取名者，必托于无常形者也。虽然，常形之失，止于所失，而不能病其全，若常理之不当，则举废之矣。以其形之无常，是以其理不可不谨也。世之工人，或能曲尽其形，而至于其理，非高人逸才不能办。与可之于竹石枯木，真可谓得其理者矣。如是而生，如是而死，如是而挛拳瘠蹙，如是而条达畅茂根茎节叶，牙角脉缕，千变万化，未始相袭，而各当其处。合于天造，厌于人意。盖达士之所寓也欤。昔岁尝画两丛竹于净因之方丈，其后出守陵阳而西也，余与之偕别长老臻师，又画两竹梢一枯木于其东斋。臻师方治四壁于法堂，而请于与可，与可既许之矣，故余并为

① 译按：节选自《宝绘堂记》。

记之。必有明于理而深观之者，然后知余言之不妄。[①]

他专门为文与可作了一首诗：

与可画竹时，见竹不见人。
岂独不见人，嗒然遗其身。
其身与竹化，无穷出清新。
庄周世无有，谁知此疑神。[②]

很显然，苏东坡对朋友的这种理念是发自内心地赞赏，并且这也是他个人的理想状态。无论是画竹还是画鲑鱼，所表达的都是其“意”而非其所依附的“形”。苏东坡在意念上让自己成为“竹子”，成为“鲑鱼”。对他而言，画鲑鱼，就是尝试成为一尾快速游动的鱼，感知跃过激流，游向马尾藻海时形体的愉悦。“你可以画得形似，仔细临摹鳞片、听觉器官、眼睛、肌肉，但如果鲑鱼没有‘鲑鱼的灵魂’，就是僵硬的死鱼。”[③]

拒绝纯粹的“临摹”与“复制”，苏东坡力图在目光和事物之间、专注与游离之间保持距离，给予自己的书法和绘画一种属于它们的优雅与魅力。这是一种睿智

① 译按：《净因院画记》。
② 译按：《书晁补之所藏与可画竹三首》其一。
③ 译按：暂未查明原文。

的态度，在内在的认同与“客观”的观察之间保持平衡。这种平衡能带来快乐，但需要有所保留和保持谨慎，以免引起混乱。

改革家和保守派

王安石并不是出于『厌战』而偃旗息鼓，苏东坡也不再对政敌满怀怨恨

作为一个学富五车的文人，富有才情的诗人，清廉而世故的政府官员，年事已高的欧阳修把希望寄托于两个才华横溢的年轻同僚——苏东坡和王安石身上。这两人都学识渊博、诗才出众、刚正不阿、一丝不苟、关注民生。欧阳修显然没有料到他们会成为政敌，并且在相互争斗中又彼此欣赏。

不论是在中国、欧洲还是美国，我听到人们总是充满热情地谈论王安石，但在分析两位诗人兼政客之间的长时间论战时，却常常有失公允。作为改革家的王安石，一遍遍被描述为充满智慧和远见的政治家，既希望给王权政体带来自由化，同时又给国家统治注入些许理性与共识；也有人说他像一个集权统治的狂热分子，混淆了权力与暴力，因为缺少怀柔政策和违背民心而导致改革失败。苏东坡则时而被描写成一个捍卫自由和言论自由的民主人士，时而

又被塑造成一个过时的形式主义者、死硬的保守派，活脱脱一幅懒洋洋的“人道主义”的漫画像。在对王安石变法加以批判的背后，人们可以渐渐剥离出中国历史上一些噩梦般的断面：诸如始皇帝的焚书坑儒等。苏东坡因为赞同限制富农利用高利贷对负债累累的农民进行盘剥，所以一直完美地扮演着空想而无用的“温和派”角色。

刚开始，然而也仅限于刚开始，两人之间并没有什么分歧，他们都赞同恩师欧阳修的政见。欧阳修继承了诗歌的批判性和以诗歌为贫苦农民发声的传统：

> 嗟彼官吏者，其职称长民。衣食不蚕耕，
> 所学义与仁。仁当养人义适宜，言可闻达力可施。
> 上不能宽国之利，下不能饱尔之饥。[1]

王安石在位极人臣之前，所担任的都是一些低微的职务，而苏东坡在各省任职期间也积累了很多经验，他俩都与贫苦百姓有所接触。他们都禀性慷慨宽厚，所以一定会为穷人说话。和苏东坡一样，王安石也很蔑视那些可鄙的富人，他曾写道：强势者、醉心于高位者，不要把你有什么与你是什么相混淆。

两个人在刚开始时，于情感和政治抱负上都有共通之处，只是苏东坡认为王安石的改革最终会加重穷

① 译按：节选自欧阳修《食糟民》。

人的负担，而王安石则认为苏东坡和他的同党是变法的绊脚石。

王安石在去世前两年已经失去了所有的支持，辞官回乡。苏东坡最后一次去南京拜访他。两个诗人面对面，既无敌意，也无悲伤。他们再一次拿起毛笔，写下他们的“唱和诗”[①]。彼时的王安石是个失败者，苏东坡也刚从监狱出来，厄运缠身，穷困潦倒。两人深知生活对于所有人都一样，有巅峰，也有低谷，都明白“月有阴晴圆缺”，都知道命运会让人不断转换角色，投射出不同的印迹，但不会改变生命和存在的本质。我们常在希腊抒情诗或中世纪宫廷诗选里看到把人比作演员或提线木偶的主题，这在王安石的诗里也有所体现，诗歌大意为：

> 演员登台，一个是贵族，另一个是平民。
> 他们深知自身价值相等，并不因身份感到欢喜或难过。[②]

在两个政敌最终和平相处的日子里，他们开始从更高的层面审视各自支持者的言论、争执，以两人之间精神和政治上的争斗。这并不是心灰意冷，而是年龄让他们不再血气方刚。除了历史的必然，还有来自传统的影响，苏、

① 译按：应为苏轼刚从黄州流放归来之时与王安石的第一次唱和。
② 译按：暂未查明原文。

王二人长期浸淫于中国三教合一，即儒释道相互融会的思想理论中。王安石并不是出于“厌战”而偃旗息鼓，苏东坡也不再对政敌满怀怨恨，二人最终在王安石《题半山寺壁二首》其二这首小诗中达成了和解。

寒时暖处坐，热时凉处行。

众生不异佛，佛即是众生。

但是这种形而上的“飘飘欲仙”并不能让两人回避宋朝所面临的问题。面对这些问题，王安石选择的角色是理论家、策划师、改革者，而苏东坡则扮演的是经验论式的实干家。

当时的宋朝内外交困：首先是来自外部的威胁，即边境“蛮族”环伺，如契丹、辽、金。这些骁勇善战的游牧部落迫使宋廷一方面大量屯兵，一方面向入侵者给予岁贡以维持和平而导致国库空虚。一旦边界有任何风吹草动都会威胁到本就岌岌可危的和平，宋廷进而又要源源不断地向边境发兵（百年间，其军队的数量就从三十七万八千人增加到了一百一十六万二千人）。而至于来自内部的危险——尽管王安石和苏东坡分析其成因不同，但他们观察到的结果却是一致的，那就是日趋严重的富农对贫苦农民的高利贷盘剥，以及由于行会对小商小贩欺压造成的经济僵化。

王安石在沉寂了几年后，于1068年再次入朝，辅佐神宗。此后于1076年罢相，1078年再次起复，1085年彻底退出政坛。[1]在这两段时间内，他致力于实现一个酝酿已久、野心勃勃的计划。他认为当务之急是建立预算平衡，把支出固定下来，使之不超出预算；此外，还要制定税收政策。第一阶段，王安石成功地让国库支出减少了40%，同时开始涉足经济垄断行业（尤其是酒和盐）——这是国家真正的财富来源。他修改了科举考试制度，认为原来的考试过分“文学化”，轻视考生将来要面临的经济和社会责任。为了在裁减军事开支的同时规避风险，他组建了“国防军”[2]，将传统的募兵制和保甲法相结合，类似目前瑞士的征兵制度。另外，还出台了相应的置将法、保马法。他提出，为减轻负担，农民可以支付一定的钱款代替服役（免役法）。他下令在全国范围内清丈土地，核实土地所有者，并将土地按土质的好坏分为五等，作为征收田赋的依据。他还决定，地方产品不必运送到京都，以减少无谓的开销和损耗。他还建立了一个通行于整个帝国的质押、借贷体系，便于国家掌握粮食的库存，以保证价格稳定。

---

① 译按：王安石于1074、1076年前后两次罢相。参梁启超《王安石传》（武汉出版社，2013年），1078年王安石罢使相，封舒国公，但居钟山，并无起复一说；1085年，神宗崩，新法逐渐被废。作者此段论述有所误读。

② 译按：王安石新法在军事制度上有保甲法、保马法及将兵法，对国家军队进行了整顿和改组，故作者有此提法。

实施这一揽子充满智慧又野心勃勃（也是冒险的）的改革计划，需要依赖各个部门的“天朝官僚”。王安石对积弊深重的体制和官员的恶习了如指掌。他的变法，首先针对的就是古老专制帝国最薄弱的环节，比如全国范围内的农业信贷，在于为农民生产提供便利，这就是俗称的青苗法。

为了使农民免受富人盘剥，每年在播种和青黄不接时，官府向农民贷款、贷粮，每半年取利息二分或三分，分别随夏秋两税归还。但这项法规的实施最终完全背离了王安石的本意。他急切地运用手中的权力，将全副精力用来对付那些尸位素餐的官员，但他的一些主张过于超前且有些冒进。官府借贷，本意是为扶助农业生产，但在实际执行中却变成了强迫借贷，无视农民是否需要，把帮助变成了强制行为。这导致青苗法被看作一项可怕的强制法案，迫使农民承担本可避免的负债。到了收获的季节，官吏便蜂拥而至，前来“讨债”或收取利息。正是在这一点上，苏东坡和“保守派”找到了最好的反对变法的证据——尽管从总体上说，王安石和改革派所提倡和实施的改革方案是理性且必要的。

如果苏东坡生性小心谨慎，那他完全可以置身事外。那时他三十一岁，所担任的职务并不会让他身处风口浪尖：直史馆、凤翔府通判，都是一些不甚重要的职位。但苏东坡却数次身陷险境：他两次上书皇帝，冷静大胆，直言不讳，对君王没有任何阿谀奉承。这个年轻的小官吏以朝廷官员的身份进谏：

> 臣不知陛下所谓富者，富民欤，抑富国欤？
>
> 是以不论尊卑，不计强弱，理之所在则成，理所不在则不成可必也。今陛下使农民举息，与商贾争利，岂理也哉，而何怪其不成乎？……陛下苟诚心乎为民，则虽或谤之而人不信。苟诚心乎为利，则虽自解释而人不服。且事有决不可欺者，吏受贿枉法，人必谓之赃，非其有而取之，人必谓之盗。苟有其实，不敢辞其名。今青苗有二分之息，而不谓之放债取利，可乎？……今天下以为利，陛下以为义；天下以为害，陛下以为仁；天下以为贪，陛下以为廉，不胜其纷纭也。[1]

年轻的皇帝迫于压力，试图对反对派动武。苏东坡提醒他：士不能以死惧之。他所质疑的焦点并不在王安石变法所要解决的那些问题本身，而是解决的方法。苏东坡在给年轻皇帝的奏折里写道：

① 译按：节选自《拟进士对御试策》。

> 欲弭众言，不过斥逐异议之臣而更用人。……臣恐逐者不已，而争者益多，烦言交攻，愈甚于今日矣。……陛下将变今之刑而用其极欤？天下几何其不叛也。①

苏东坡竭力论证一套关于批判与言论自由的“前民主”理论：

> 民忧而军怨，吏解体而士失望，祸乱之源，有大于此者乎？今未见也，一旦有急，则致命之士必寡矣！②

他提醒朝廷提防严刑峻法卷土重来。他劝导皇帝首先关注经济问题、农民负债问题、国家对酿酒业及盐业的控制所产生的危害，以及官吏暴力征税等问题。

皇帝没有表态。为了进一步表达批评之意，苏东坡在1071年任主考官时拟定的策论题目为“试论专权的优劣”。

宵小之辈群起而攻之，他们开始调查所谓的苏东坡挪用公款案。政敌们想挖陷阱扳倒苏东坡，皇帝外调其为杭州通判。杭州是中国东南部一座美丽的城市。当权派想“惩罚”苏东坡，皇帝却似乎对他的直率持赞赏态度而没有怪罪于他。从1069到1079年间，苏东坡好像并没有受到政敌的攻击，但其实这些人仍在暗地里做了手脚。

---

① 译按：节选自《拟进士对御试策》。

② 译按：节选自《再上皇帝书》。

狱中一百三十天

苏轼为自己抗争，从绝望到短暂的平静，从精疲力尽到鼓足勇气

政治上虽然取得了胜利，经济改革上却遭受了失败。王安石厌倦了与政敌和批评者的争斗，更对自己拥护者的阴谋诡计感到恶心。他于 1076 年再度向皇帝请辞，罢相回家。他其实对苏东坡这类反对者并没有太多不满，因为他们从来都是光明正大地反对他的政策。苏东坡在杭州任职期间，充分体察到农民的悲惨境遇：因负债而入狱（1075 年有一万七千人被关押），时常遭受虫害和饥荒威胁，忍受国家垄断导致的食盐匮乏。

王安石的退出并没能阻止层出不穷的阴谋以及权术和操纵，相反，此风愈演愈烈。那些后来的继位者，虽曾是王安石的心腹、亲信，但也可以随时背叛他。他们决定要清除“坏思想”，苏东坡首当其冲。这些人对他进行大肆攻击。其实皇帝和太后（她在双方交锋最激烈的时候去世了）都很认可苏东坡，面对借由审查诗作而进行的攻击，

皇帝采取了渔民常说的方式，只是松了松“手中的钓竿”，不想让事情闹得太大。苏东坡对此一无所知。1079 年，他在湖州被抓，被控“以诗文讪谤朝廷”。苏东坡被传唤进京，关押于御史台监狱，等待案子的进一步审理，以为自己有杀头之虞。苏东坡卷宗里的内容太少，可是对于某些狡诈而又身兼文人与政客的多重身份的人来说，无中生有地搞出一堆东西不是什么难事。中国诗歌惯于借用历史或文学典故，擅长微妙而迂回地引经据典。热衷于扳倒苏东坡的御史台官员们，逐字逐句、逐行逐页地挑出那些带有嘲讽和批评意味的字眼，从中解读出蓄意诽谤、污蔑朝廷的意思。苏东坡有两首关于柏树的诗，他在其中讲到一条龙蛰伏于树根处，这几句诗成为压倒他的最后一根稻草。[①] 御史台官员坚持认为苏东坡此处所称的“龙”意指皇上，可是皇上怎么能是匍匐在地的蛰龙？真龙天子只能是翱翔在天的飞龙。

乌台诗案的审讯判词堪称大学教育里文本阐释的可贵样本：御史们详细分析了众多诗歌，力图从中找出苏轼的罪状，苏东坡辩解说自己的诗歌常常带有批判倾向，但从未对君王有诽谤或不敬之意。

一百三十天里，苏轼为自己抗争，从绝望到短暂的平

① 译按，即《王复秀才所居双桧二首》其一：“凛然相对敢相欺，直干凌空未要奇。根到九泉无曲处，世间惟有蛰龙知。”

静，从精疲力尽到鼓足勇气。他最终被释放。皇帝遵从太祖祖训，做出折中的仲裁：苏轼清白，不予治罪。但也不能完全认定苏轼毫无恶意，没有“心存恶念”，没有对官僚体制怀有敌意。于是他被贬至一个小城担任团练副使。这算不得一个职位，也无俸禄。可这有什么关系？他自由了呀！苏东坡陶醉在快乐中：

> 百日归期恰及春，余年乐事最关身。
> 出门便旋风吹面，走马联翩鹊啅人。
> 却对酒杯疑是梦，试拈诗笔已如神。
> 此灾何必深追咎，窃禄从来岂有因。[1]

王安石隐退，随后去世；苏东坡离朝廷的权力争斗越来越远。但这一切并没有平息“保守派”与“激进党”之间的斗争。“统制经济论者”和“自由派”之间的力量此消彼长，最终“福丁布拉斯”[2]让双方相互妥协，却给后来的史学家们留下了无数难解的问题，让他们至今仍纠结于王安石和苏东坡各自的责任、夭折的改革获得成功的可能性以及反对派的各种论据。苏东坡去世二十年以后，蒙古、金等游牧部族大举入侵，占领了宋朝都城，将其洗劫

① 译按：《十二月二十八日蒙恩责授检校水部员外郎黄州团练副使复用前韵二首》其一。

② 译按：福丁布拉斯，莎士比亚戏剧《哈姆雷特》里的挪威王子，通常指收拾残局的人。

一空，使其毁于一旦，并掳走了皇帝，让他悲惨地客死异乡。1126 年，宋朝覆灭，但宋朝引起的不满与怨恨在此后很长时间里一直存在。①

今年粳稻熟苦迟，庶见霜风来几时。
霜风来时雨如泻，杷头出菌镰生衣。
眼枯泪尽雨不尽，忍见黄穗卧青泥。
茅苫一月陇上宿，天晴获稻随车归。
汗流肩赪载入市，价贱乞与如糠粞。
卖牛纳税拆屋炊，虑浅不及明年饥。
官今要钱不要米，西北万里招羌儿。
龚黄满朝人更苦，不如却作河伯妇。②

① 译按：作者于此段历史描述有误，1126 年北宋被金灭，1279 年蒙古才灭南宋。且金建立政权后并非游牧部族，故说“蒙古、金等游牧部族大举入侵，占领了宋朝都城”“1126 年，宋朝覆灭”云云，均有误。

② 译按：《吴中田妇叹》。

肉身诗魂

苏轼无论作画还是写诗，都是全身心投入

苏轼无论作画还是写诗，都是全身心投入。在这一点上，他和克罗代尔很像：他体验到，写诗和绘画是一种脑力和肌体的萌发，像一种精神练习和身体运动。他在朋友家的女墙上作画，然后在空白处题诗道：

空肠得酒芒角出，肝肺槎牙生竹石。
森然欲作不可回，吐向君家雪色壁。[①]

苏东坡写诗赞扬一位年老的养蜂隐士，当隐士看到他“吐”出诗句的妙喻时，能完全理解苏轼所要表达的意思：

安州老人心似铁，老人心肝小儿舌。
不食五谷惟食蜜，笑指蜜蜂作檀越。

① 译按：节选自《郭祥正家醉画竹石壁上郭作诗为谢且遗二古铜剑》。

蜜中有诗人不知，千花百草争含姿。

老人咀嚼时一吐，还引世间痴小儿。

小儿得诗如得蜜，蜜中有药治百疾。[1]

① 译按：节选自《安州老人食蜜歌》，乃苏轼为僧人仲殊所作。

无心之法

对苏东坡来说，书法应该有相貌，有能量，有骨骼，有肌肉，还有在血管里流动的血液

苏东坡和他的文人朋友们都认为，他们的诗歌写作、书法、绘画、“批评”、“冥想”等一系列活动，从根本上说，都是一种表达方式。人们总爱反复引用一个共识来评价杜甫或王维：“少陵文笔无形画，摩诘丹青不语诗。”[①] 奥斯伍尔德·喜仁龙[②]评价说：“苏东坡当然是位诗人，不管他是用抽象的符号——文字进行写作，还是运用树木、竹子的自然形态来进行创作，所表达的精神是一样的，连下笔的节奏都一样。”

苏东坡和大部分文人喜爱的介质是墨、水和毛笔，他们喜欢画水墨画或线描画，后来，石涛理论化地称之为“一画”。不论是写字还是作画，早在一千多年前，宋朝的画家文人们就采用了我们现在称之为“洒泼画”的方式挥毫

① 译按：《读〈寄语中国艺术人〉后》。

② 译按：奥斯伍尔德·喜仁龙（Osvald Siren），瑞典美术史教授。

泼墨。他们所追求的是即兴发挥。苏东坡曾经说：“书初无意于佳，乃佳尔。”“吾书虽不甚佳，然自出新意，不践古人，是一快也。”[①] 当他分析书法的功能时，首先抛开了“迎合”的想法。十九世纪末的书法家、画家刘熙载也对迎合进行了批评：“对书法来说，要迎合并不难，难的是不去刻意迎合。迎合的想法让书写变得陋俗，没有迎合才让书写变得质朴、真实。”[②] 对苏东坡来说，书法应该有相貌，有能量，有骨骼，有肌肉，还有在血管里流动的血液。

对于毛笔的选择，取决于所要表达的主题，其材质主要有鼠须、秋天捕杀的白兔毫、狐狸毛以及羊毫。一块好墨，要黑中透亮，浇铸成小棍状——它本身就已经是一件艺术品。至于握笔姿势，苏东坡认为需要正确而随性，“把笔无定法，要使虚而宽”[③]，便于控制、导引墨迹的走向。书法家善用迸溅出来的最细微的线条和滴落在纸上的墨点，把墨点晕染开来。画家诗人们擅长“墨戏”，他们智慧地运用偶然性，信手拈来，带来视觉上的新意。人们也可以在苏东坡的诗里感受到水墨画中的黛色：

黑云翻墨未遮山，白雨跳珠乱入船。

---

① 译按：均引自《评草书》。

② 译按：暂未查明原文，待查补。

③ 译按：《记欧公论把笔》。

卷地风来忽吹散，望湖楼下水如天。[①]

苏东坡的一位“墨戏”老友在晚年时曾说：“东坡老人翰林公，醉时吐出胸中墨。”[②]

激发灵感的保障之一，就是一点酒精（一种大米酿制的黄酒）和奋笔疾书。米芾（比苏东坡年轻十岁[③]）是苏东坡的朋友与追随者，两人给后世留下了耳熟能详的“砚台之争”的故事。米芾1092年任雍丘知县，苏东坡正好出任扬州知州途经此地。米芾准备了两张几案、三百张上好的纸张，及其他文房用品、几壶好酒和小食，并命两个小厮负责研墨。这些刚够两位“斗士”作画。苏轼和米芾选择的是他们永不厌倦的主题：画竹。苏轼酒量不大，微醺即可。夜幕降临时，三百张纸画完了。

一千年后，西方画家常参照中国画或是整个亚洲画的理念，拒绝描绘形似的外在，力图把握运笔的偶然性所形成的这种逍遥自在的艺术形式。侨居美国的德国画家汉斯·霍夫曼把他的《推与拉》带到了纽约，尼禄·波那特在他那著名的晦涩难懂的评论中，将霍夫曼的技法称为“用反向冲击力产生的持续推力打破事先的设计”。奋笔疾书，随心所欲，二十世纪末的绘画中，重新出现了当年那些诗

① 译按：《六月二十七日望湖楼醉书五绝》其一。

② 译按：黄庭坚《题子瞻画竹石》。

③ 译按：实际苏东坡比米芾年长十四岁左右。

人画家的技法特征，但其背景已完全不同。杰克逊·波洛克的“滴画法”，是用巨大的画笔蘸满颜料使其“滴落”在画布上，哈罗德·罗森堡在《纽约时报》上撰文，将其命名为“行为绘画”；威廉·德·库宁笔触迅疾、粗重，用近乎掌掴的力道在画布上作画；克莱恩或哈通在画布上留下的耀眼墨迹喷涌飞溅，一如苏东坡“吐出胸中墨”；琼·米切尔画中那些颜料的流淌、污痕和情感的迸发，这种“自动绘画”与“自动写作”一样，表现出苏轼们当年的多重特征——只不过对他们来说，艺术表达上各有不同：宋代画家的即兴表达并不是“由手的自发动作”完成的，完全没有现代画派那些形同战斗的、痉挛和充满暴力的“招式”。与我们同时代的这些人并没有让自己放松下来，而是更为狂野粗暴。

各种形式的“行为绘画”都有一个共性：富于暴力、侵略性，谋求冲击，有意识地探寻野性。这是一种“武术”，却又不具备东方武术的严谨。1080年的杭州还没被“蛮族”侵入，但今天的纽约、巴黎已经被“野蛮”占领。

在一次临时发起的雅集中，米芾观察他的这位好友作画：

> 苏轼子瞻作墨竹，从地一直起至顶。余问：“何不逐节分？”曰：“竹生时，何尝逐

节生！[1] 竹之始生，一寸之萌耳，而节叶具焉。自蜩腹蛇蚹，以至于剑拔十寻者，生而有之也。今画者乃节节而为之，叶叶而累之，岂复有竹乎！”[2]

此等关于自然意象的即时性观念，与“自动写作”有异曲同工之妙，是苏东坡在画景物或水面时的指导思想。他拒绝“有目的”地画画。画家是否必须记录下不想遗忘的东西？非也。人即便喝醉了也不会把酒倒进鼻子里，即使在梦里也不会用脚来拿东西，能激发创作冲动的事物不需要特别费力也能记住。面对流水，苏轼也拒绝“自然主义”的描绘技法，认为这些人只是“作平远细皱，其善者不过能为波头起伏，使人至以手扪之，谓有洼隆，以为至妙矣。然其品格，特与印板水纸争工拙于毫厘间耳。唐广明中，处士孙位始出新意，画奔湍巨浪，与山石曲折，随物赋形，画水之变，号称神逸”[3]。

苏轼赞赏那些真正的画家，尤其是他的好友米芾，米芾“绘画六原则”的第一点就是：激情、生命力和自然的运动。[4] 苏轼总会被这种风格所“净化”。他晚年被放逐

① 译按：以上引自米芾《画史》。

② 译按：以上引自《文与可画筼筜谷偃竹记》。

③ 译按：《画水记》。

④ 译按：疑作者将谢赫六法论误为米芾所提。

到条件艰苦的海南岛，在给朋友的信里写道："独念吾元章迈往凌云之气，清雄绝俗之文，超妙入神之字，何时见之，以洗我积年瘴毒耶！"[①]罗大冈最后一次来巴黎的时候，给我带来了米芾的诗和字字对应的译文，我当时并不知道米芾是谁。罗大冈说："我记得是苏东坡写的西湖月光让你喜欢上他的，我认为你会因为在米芾的词里看到同样的月光而感动。"

> 千古涟漪清绝地。海岱楼高，下瞰秦淮尾。水浸碧天天似水。广寒宫阙人间世。　　霭霭春和生海市。鳌戴三山，顷刻随轮至。宝月圆时多异气。夜光一颗千金贵。[②]

此后，苏东坡应该再也没见过米芾。我亦再也没见过罗大冈。但此时此刻，同一轮明月正在杭州上空照亮同一片水面。为答谢千年前的朋友和当下的朋友，我和杨国光[③]一起翻译了这首让我们四个人——苏东坡、米芾、罗大冈和我都牢记在心的，关于诗歌与绘画的诗：

---

① 译按：《与米元章》之二十五。
② 译按：米芾《蝶恋花》。
③ 译按：音译，原文作"Yang Kuokuang"。

一

论画以形似，见与儿童邻。

赋诗必此诗，定非知诗人。

诗画本一律，天工与清新。

边鸾雀写生，赵昌花传神。

何如此两幅，疏淡含精匀。

谁言一点红，解寄无边春。

二

瘦竹如幽人，幽花如处女。

低昂枝上雀，摇荡花间雨。

双翎决将起，众叶纷自举。

可怜采花蜂，清蜜寄两股。

若人富天巧，春色入毫楮。

悬知君能诗，寄声求妙语。[1]

① 译按：《书鄢陵王主簿所画折枝二首》。

手足

兄弟俩的一生中，有无数回忆可以温暖彼此

苏东坡的仕途因党派之争充满了不确定性，他的官职不断变换（他待在一个职位上的时间从未超过三年）。也许今天还官居高位，受人景仰，第二天就身陷囹圄，获释后变得一文不名，遭人白眼，受人排挤，受人冷遇。让他难以忍受的不仅仅是没完没了的清算，无止境的迁徙——他不得不频繁地与自己的同僚、诗歌和生活乐趣挥别，那些同僚和朋友往往一别即永诀，之后又需要不断地重新认识一张张新面孔。而最让他伤心的还是和挚爱的弟弟天各一方——从他走上仕途到生命结束，他和弟弟子由相聚的日子加起来不过数月。他们各自担任的官职让他们相隔数千里。兄弟俩一直很亲近，政治见解也一致，在党争中一直比肩扶持。1071 年，他们不得不再次分别。两人并不知道此番一别就是六年，只是不甘手足就此分离。子由陪苏东坡在恩师欧阳修家中住了十五日，临别前夜，二人彻夜长谈。第二天，子由热泪盈眶，久久伫立，目送兄长骑着一匹小马渐行渐远。

兄弟二人的唱和之作，不能仅仅被定义成韵律诗，因为其中还带有很强烈的感情色彩。他们写诗唱和（无论相隔多远，每月至少互通一封书信）。所谓“和”就是“反馈、共鸣”之意。和诗就是用同样的韵律和节奏来回应前诗。苏东坡唱和的对象甚广，包括弟弟、同时代文人，甚至古人。晚年，他写了一系列和诗来纪念他心中的大师——了不起的陶渊明。

通常，子由的和诗大多是为应和兄长而写的送别诗。1071 年苏东坡离开子由到达杭州后，写诗道：

征帆挂西风，别泪滴清颍。
留连知无益，惜此须臾景。
我生三度别，此别尤酸冷。
念子似先君，木讷刚且静。
寡辞真吉人，介石乃机警。①

苏东坡和子由无论在何种情况下，都能拥有共同的回忆。苏东坡在给弟弟的一首诗中，回忆起孩童时过年的情景：

① 译按：节选自《颍州初别子由二首》其一。

欲知垂尽岁，有似赴壑蛇。
修鳞半已没，去意谁能遮。
况欲系其尾，虽勤知奈何。
儿童强不睡，相守夜欢哗。
晨鸡且勿唱，更鼓畏添挝。
坐久灯烬落，起看北斗斜。
明年岂无年，心事恐蹉跎。
努力尽今夕，少年犹可夸。[①]

兄弟俩的一生中，有无数回忆可以温暖彼此。在他们的诗作中，孩提时代青葱的天堂从未褪色，十二岁时游戏和欢愉的记忆还是那么鲜活。他俩有着共同的故乡——被称为蜀的四川，那个他们度过了童年，而且永远不可能真正离开的地方。他们知道，不管自己变得多么“了不起”，也不会放开自孩童时起就牵着自己的那只手。在戏作唱和的过程中，子由和东坡的诗常有童年岁月交织其中。

蜀人衣食常苦艰，蜀人游乐不知还。
千人耕种万人食，一年辛苦一春闲。
闲时尚以蚕为市，共忘辛苦逐欣欢。
去年霜降斫秋荻，今年箔积如连山。
破瓢为轮土为釜，争买不啻金与纨。

① 译按：《守岁》。

忆昔与子皆童丱，年年废书走市观。
市人争夸斗巧智，野人喑哑遭欺谩。
诗来使我感旧事，不悲去国悲流年。[①]

后来，苏东坡成为三个男孩的父亲，他从苏迈、苏迨、苏过的身上看到了自己和弟弟当年的影子，于是写下一首温情脉脉的诗：

小儿不识愁，起坐牵我衣。
我欲嗔小儿，老妻劝儿痴。
儿痴君更甚，不乐愁何为。
还坐愧此言，洗盏当我前。
大胜刘伶妇，区区为酒钱。[②]

苏东坡与苏子由之间的通信如此美好，一如梵高与他的弟弟。手足之情填充了他的幸福梦想，可他不事张扬，总是悄悄述说。我们仿佛还能看到他面带微笑写出如下文字的场景：

不饮胡为醉兀兀，此心已逐归鞍发。
归人犹自念庭闱，今我何以慰寂寞。
登高回首坡垅隔，但见乌帽出复没。

---

① 译按：《和子由蚕市》。
② 译按：《小儿》。

苦寒念尔衣裘薄，独骑瘦马踏残月。
路人行歌居人乐，童仆怪我苦凄恻。
亦知人生要有别，但恐岁月去飘忽。
寒灯相对记畴昔，夜雨何时听萧瑟。
君知此意不可忘，慎勿苦爱高官职。[①]

苏东坡其实从未忘记自己肩负的“皇命”。无论拥有什么官衔，担任何种职务，他总是能统揽全局。在自己主持实施的大型工程中，他慢慢成长为法官、工程师、水利学家、建筑家、财务官和经费筹集人，修建起医院、收容所、学校。另一方面，虽然很多人对他的尊敬是出于他朝廷命官的角色而非关他文人、诗人的身份，但他却很排斥官方“排场”，也从不“引以为傲”。他在给子由的信里写道：

役名则已勤，徇身则已偷。
我诚愚且拙，身名两无谋。
始者学书判，近亦知问囚。
但知今当为，敢问向所由。
士方其未得，惟以不得忧。
既得又忧失，此心浩难收。

① 译按：《辛丑十一月十九日既与子由别于郑州西门之外马上赋诗一篇寄之》。

譬如倦行客，中路逢清流。
尘埃虽未脱，暂憩得一漱。
我欲走南涧，春禽始嘤呦。
鞅掌久不决，尔来已徂秋。
桥山日月迫，府县烦差抽。
王事谁敢愬，民劳吏宜羞。
中间罹旱暵，欲学唤雨鸠。
千夫挽一木，十步八九休。
渭水涸无泥，菑堰旋插修。
对之食不饱，余事更遑求。
近日秋雨足，公余试新篘。
劬劳幸已过，朽钝不任锼。
秋风欲吹帽，西阜可纵游。
聊为一日乐，慰此百日愁。[①]

在写给子由的另一封信里，他这样感叹道：

平生所惭今不耻，坐对疲氓更鞭棰。
道逢阳虎呼与言，心知其非口诺唯。
居高志下真何益，气节消缩今无几。
文章小技安足程，先生别驾旧齐名。

① 译按：《和子由〈闻子瞻将如终南太平宫溪堂读书〉》。

如今衰老俱无用，付与时人分重轻。[1]

当辖地遭受洪水威胁时，苏东坡不分昼夜地组织和领导抗洪，晚上就睡在城墙上的破棚屋里；不许有钱人逃出城制造混乱；动员军队参与抗洪，用木桩筑起了一道防洪堤坝。最终，他挡住洪水，赢得了老百姓的拥戴。尽管他自己常心怀愧疚，忧心忡忡，但实在算得上一个为民做事的好官、一个伟大的诗人。洪水消退后，他让人在城内修建了一座“黄楼”，他1074年出版的诗集就以“黄楼”命名。[2]同时，他还逐一巡视监狱，严禁狱卒打死囚犯，配置狱医，改善狱中卫生条件。当他低头看到自己身上穿的通判官服时，不禁写诗自嘲道：

我本麋鹿性，谅非伏辕姿。

…………

闻声自决骤，那复受縶维。

…………

金鞍冒翠锦，玉勒垂青丝。

旁观信美矣，自揣良厌之。[3]

每当失宠被流放时，心中倍感孤独时，与弟弟天各一

① 译按：节选自《戏子由》。

② 译按：作者言《黄楼集》出版于1074年有误，1078年黄楼才建成，且该集由鲁点编成出版，乃明代事。

③ 译按：节选自《次韵孔文仲推官见赠》。

方时，他的思绪总是飘向子由，飘向逝去的美好时光：

百川日夜逝，物我相随去。
惟有宿昔心，依然守故处。
忆在怀远驿，闭门秋暑中。
藜羹对书史，挥汗与子同。
西风忽凄厉，落叶穿户牖。
子起寻夹衣，感叹执我手。
朱颜不可恃，此语君莫疑。
别离恐不免，功名定难期。
当时已凄断，况此两衰老。
失途既难追，学道恨不早。
买田秋已议，筑室春当成。
雪堂风雨夜，已作对床声。[1]

只要想到过去，耳畔就会回响起子由的声音。每当在乡野遇到新春或是踏青野餐的时节，他总能感受到子由的存在，在人群中仿佛看到了弟弟的身影：

东风陌上惊微尘，游人初乐岁华新。
人闲正好路傍饮，麦短未怕游车轮。
城中居人厌城郭，喧阗晓出空四邻。

① 译按：《初秋寄子由》。

歌鼓惊山草木动，箪瓢散野乌鸢驯。
何人聚众称道人，遮道卖符色怒嗔。
宜蚕使汝茧如瓮，宜畜使汝羊如麇。
路人未必信此语，强为买服禳新春。
道人得钱径沽酒，醉倒自谓吾符神。[1]

① 译按：《和子由踏青》。

放逐东坡

这里曾是军队的校场，后来被废弃，贫瘠的土地上堆满残瓦、碎瓷和各种各样的垃圾

东坡，意即东边的坡地。这位中国著名诗人的号——东坡居士即取自于此。当被贬至黄州，初到湖北这块被美景环绕的偏远之地，他看到一块斜坡上的开阔地。这里曾是军队的校场，后来被废弃，贫瘠的土地上堆满残瓦、碎瓷和各种各样的垃圾。这算不得一块平地，（要想清理出来）坡有些陡。

此时的苏东坡是捡回一条命的人，活着就好。要活下去，他还要对很多人负责。没有俸禄，没有任何固定收入，他必须用原有的积蓄节俭度日。每日只能用一百五十钱，每月初取四千五百钱，分成三十串挂在屋梁上，每天早上用竹竿挑下一串作为日用——这种竹竿通常用来挂画轴——如有一点剩余，就用来款待宾客。苏轼打算用这些钱熬过一年，往后的事，再看着办。

忠于旧日情谊的老友中，马梦得要数第一，无论苏轼

处于顺境还是逆境，始终不离不弃。苏东坡曾说："可怜马生痴，至今夸我贤。"[①]

苏东坡的名望和他好客的天性很快为他赢得了新朋友。与他交往甚笃的王太守[②]，经常提着扭脖鸡和粮食来看他。姓潘的酒商低价卖给他上好的米酒。黄州的柿子、橘子、芋头价格便宜，一斗米二十钱，还有羊肉、鱼虾和贝类也属上等。监酒乐于将自己的藏书借给苏东坡。月圆之夜，伙伴们相约登船，小舟在江中一字排开，大家就在江上饮酒吟诗。苏东坡的几位好友酒量颇大，他自己则更喜爱微醺的感觉，而不在乎喝了多少。两杯酒下肚，他就开始迷迷糊糊，半醉半醒，很快便呼呼大睡。

一年后（苏东坡被贬谪居住黄州大约四年时间），挂在房梁上的钱串已经被花光了。为了接待来访的友人，苏东坡自己搭建了房屋，几间茅屋和草亭，号称"雪堂"。一位朋友向郡中请求，替他谋得在东坡开垦和种植的许可。苏东坡撩起长袍，挽起袖子，手持铁锹、铁铲，推起小车，向荆棘丛生、贫瘠荒芜、废弃肮脏的坡地发起了进攻——仅仅一年前，他还是清雅的"文人画家"，亲自绘制风景

① 译按：《东坡八首》其八。

② 译按：当为徐太守。苏轼贬黄州，先后共历陈君式、徐君猷、杨寀三位太守，并无王太守。

和翠竹来装饰雪堂的四壁，米芾和陆游[1]前来与他一道绘画作诗。而现在，他则成了身体力行的拓荒者、躬耕者。他修了一个小蓄水池在雨季储存雨水，淘浚了一座废井，种植柳树、桑树，开辟了果园和一小块茶园，还挖了一个小池塘养鱼。他和邻居们交换种子、植物，尝试扦插移栽。苏东坡在给朋友的信里写道："某见在东坡，作陂种稻，劳苦之中，亦自有乐事。有屋五间，果菜十数畦，桑百余本，身耕妻蚕，聊以卒岁也。"[2]

当然，苏东坡也承认稼穑之艰辛令他筋疲力尽。

在中国，就算乡村总是紧邻城市，就算有"亲近大自然"的情感，也绝不意味着人们真的想要过面朝黄土背朝天的日子。如果说苏东坡敬仰的大师之一——伟大诗人陶渊明可以辞官归田终老，那么在中国和在法国一样，更多的则是自诩为大自然之友的人。他们只是叶公好龙般远远地热爱，是田园的业余爱好者，喜欢小特亚农宫胜过喜欢畜厩的味道。

苏东坡之所以能成为大诗人，好官员，称职的水利工程师，优秀的画家、书法家和堪称楷模的农人，是因为他勇于变通。他说："我具备了得到平静祥和所需要的一

① 译按：原文为"Lu Yu"。陆游为南宋人，无法与苏轼一道绘画写诗，为作者之误。除米芾外，来访雪堂的还有董钺、绵竹道士杨世昌等。陆游后曾到雪堂访古，并作诗《自雪堂登四望亭因历访苏公遗迹至安国院》。

② 译按：《与李公择十七首》之九。

切条件。”到杭州后不久，他妻子买了一个十二岁的小丫鬟——朝云。后来，她成了苏东坡的妾室。他教会朝云读书写字。朝云识字是从修习佛经开始的。她聪慧、细腻，是苏东坡放逐年代里的一股清流。夫复何求？1083年，朝云为苏东坡生下一个儿子，苏东坡为此写了一首带有嘲讽意味的四行诗：

> 人皆养子望聪明，我被聪明误一生。
> 惟愿孩儿愚且鲁，无灾无难到公卿。①

只可惜，孩子后来夭折了。

从1080年被贬谪至黄州后，除了田野劳作、写诗、偶尔组织“士人画”创作的小小雅集和月夜出游、酒与梦想之外，苏东坡还花了大量时间去，改变当时中国农村一直存在的陋习。一个贫苦的农村家庭，孩子太多只能算是惩罚，若女孩多则更是一种诅咒。于是产妇房间里的一盆冷水成了人口调节器。杀害新生儿的习俗让苏东坡不堪忍受，他致信武昌太守：

> 初生，辄以冷水浸杀，其父母亦不忍，率常闭目背面，以手按之水盆中，咿嘤良久乃死。有神山乡百姓石揆者，连杀两子，去岁夏中，其妻一产四子，楚毒不可堪忍，

① 译按：《洗儿戏作》。

母子皆毙。……准律，故杀子孙，徒二年。此长吏所得按举。……公更使令佐各以至意诱谕地主豪户，若实贫甚不能举子者，薄有以赒之。[1]

他还在黄州成立了“救儿会”。一直到去世，苏东坡都是一名保护儿童的坚定“斗士”。

在流放乡野的第三年[2]，苏东坡写了一首关于乡间生活的长诗，聊以慰藉田间劳作的辛苦。这首田园牧歌后来成为其经典之作：

一

废垒无人顾，颓垣满蓬蒿。
谁能捐筋力，岁晚不偿劳。
独有孤旅人，天穷无所逃。
端来拾瓦砾，岁旱土不膏。
崎岖草棘中，欲刮一寸毛。
喟然释耒叹，我廪何时高。

二

荒田虽浪莽，高庳各有适。
下隰种粳稌，东原莳枣栗。

① 译按：节选自《与朱鄂州书》。

② 译按：据孔凡礼《苏轼年谱》（中华书局，1998 年），《东坡八首》当作于元丰四年，即 1081 年，其流放黄州的第二年。

江南有蜀士，桑果已许乞。
好竹不难栽，但恐鞭横逸。
仍须卜佳处，规以安我室。
家僮烧枯草，走报暗井出。
一饱未敢期，瓢饮已可必。

六

种枣期可剥，种松期可斫。
事在十年外，吾计亦已悫。
十年何足道，千载如风雹。
旧闻李衡奴，此策疑可学。
我有同舍郎，官居在灊岳。
遗我三寸甘，照座光卓荦。
百栽倘可致，当及春冰渥。
想见竹篱间，青黄垂屋角[1]。

① 译按：节选自《东坡八首》。

尽精微，至广大

世间万物于他都不陌生，一切皆可入诗

作为一位颇具才气的文人，苏东坡显然不属于四体不勤或拘泥于圣贤之道的迂腐之辈。他在历任三十多种职务，被贬十七次的人生经历中，充分展现了自己的实践精神、技术能力（从建筑到修枝）和经济头脑（比如对灾荒的预测与研判）。尽管自嘲行事愚笨、空有为国效力的勇气，说自己一开口就会招致权力的惩罚，尽管不谙为官之道，但他却有着清醒的政治头脑。诗歌是他最喜欢的表达方式，诗歌的内容与他的实践活动密不可分，表现了最开放的精神。世间万物于他都不陌生，一切皆可入诗。诗人用眼睛观察一切，从宏观动态到细枝末节，从满天繁星到孩童嬉戏，从哲学焦虑到田间劳作，从炽烈爱情到狂热理想，从民俗节庆到皇家礼仪。诗人苏东坡在诗歌的世界里百无禁忌：他可以在叙事与歌颂之间、嘲讽与抒情之间、宇宙情感和民间风俗之间、哲学思想与玩笑幽默之间自由切换。

对他而言，诗歌无所不包。

他能够对最令人捉摸不定的、最微小的事物予以最细致的关注。风吹落柳絮，他都可以极为敏感细腻地从中察知世事无常、千变万化的本质就是可以抹去和消解一切。他能为世人对狂风吹落柳絮毫无怜悯而感到痛心，但却不会让人感觉滑稽。它们或许也有感情，也有思想，有一颗能感知，会跳动的心？哪怕是最微不足道的东西，都能引起苏东坡充满善意的关注。他用亲切的语气谈论蟾蜍，千年之后，马克斯·雅各布也使用了同样的语气（雅各布虽然对蟾蜍不以为意，但却认为自己是蟾蜍）。苏东坡温情而细致地观察蜗牛。他观察到蜗牛的鲁莽和冒失：它可以沿着墙壁一直爬到天花板，似乎不懂得原路折返，也没有什么让它因为害怕或不确定而贴在墙上不动。（宋朝之后十个世纪过去了，我在中国的河北发现孩子们在玩一种我小时候也玩过的游戏：蜗牛跑。游戏的难点就在于让蜗牛“承认失败”。）

同一个苏东坡，他可以用同卢克莱修或布莱克一样的自然语气谈论星空，然后转而用平易近人的语调谈论“做祖父的艺术”：

明月未出群山高，瑞光万丈生白毫。

一杯未尽银阙涌，乱云脱坏如崩涛。

谁为天公洗眸子，应费明河千斛水。
遂令冷看世间人，照我湛然心不起。
西南火星如弹丸，角尾奕奕苍龙蟠。
今宵注眼看不见，更许萤火争清寒。
何人舣舟临古汴，千灯夜作鱼龙变。
曲折无心逐浪花，低昂赴节随歌板。
青荧灭没转山前，浪飐风回岂复坚。
明月易低人易散，归来呼酒更重看。
堂前月色愈清好，咽咽寒螀鸣露草。
卷帘推户寂无人，窗下咿哑惟楚老。
南都从事莫羞贫，对月题诗有几人。
明朝人事随日出，恍然一梦瑶台客。[1]

① 译按：《中秋见月和子由》。

逝者如斯

小舟在皎洁的月光下顺流急驰，大家辨不出是在水上漂流还是在空中飞翔

处于幸福时光的东坡居士乐于遗忘那些大权在握、发号施令、操持政务的日子。他芒鞋竹杖，四处游走，爬坡攀岩，到处游荡，做着白日梦，在心中调试诗歌的韵律。他对于别人已经无法把他和普通路人区分开来而感到高兴。他披散头发，脱去华丽的长袍，换上棉布短衫，并将皮靴换成草鞋。他说那些樵夫、打短工的农夫、小鸟和河鱼都不再注意他。如果喝了两杯米酒，他就在月光的温柔怀抱中睡在坡地上，直到清晨被老农唤醒，以免水牛和羊群踩到他。这颗流浪的星星真的曾经是个每天断案，惩戒罪犯，还无罪之人以清白的通判？其实在为官的那段日子里，苏东坡并不自在：

除日当早归，官事乃见留。

执笔对之泣，哀此系中囚。

小人营糇粮，堕网不知羞。

我亦恋薄禄，因循失归休。

不须论贤愚，均是为食谋。

谁能暂纵遣，闵默愧前修。[1]

现在他可以肆意谈论，不再为自己感到羞愧。失宠对他反而像是一种恩赐。他耕田，绘画，写诗，读诗，研习陶渊明的诗作和佛教经典。他有众多好友和令人愉快的伙伴。月圆之夜，他们带上一坛新米酿的酒和洞箫，在赤壁旁登船，开始泛舟夜游。朋友王诜[2]善吹箫，当月亮出现在大熊星座和摩羯星座之间，爬上东山顶时，王诜吹起了《水龙吟》，苏东坡与朋友们和曲吟唱诗句，一坛酒转眼见底。苏东坡说他只需两杯下肚就可美美地享受随波逐流之乐。小舟在皎洁的月光下顺流急驰，大家辨不出是在水上漂流还是在空中飞翔。苏东坡手拍船舷吟诵：

……侣鱼虾而友麋鹿，驾一叶之扁舟，举匏尊以相属。寄蜉蝣于天地，渺沧海之一粟。哀吾生之须臾，羡长江之无穷。挟飞仙以遨游，

① 译按：《熙宁中轼通守此郡除夜直都厅囚系皆满日暮不得返舍因题一诗于壁今二十年矣衰病之余复忝郡寄再经除夜庭事萧然三圄皆空盖同僚之力非拙朽所致因和前篇呈公济子侔二通守·前诗》。

② 译按：原文作“Wang Tien”，应为道士杨世昌，下文“王”亦应为“杨世昌”，且所奏之曲尚无可考。此为作者之误。

抱明月而长终。知不可乎骤得，托遗响于悲风。

苏子曰：客亦知夫水与月乎？逝者如斯，而未尝往也；盈虚者如彼，而卒莫消长也。盖将自其变者而观之，则天地曾不能以一瞬。自其不变者而观之，则物与我皆无尽也，而又何羡乎？且夫天地之间，物各有主。苟非吾之所有，虽一毫而莫取。惟江上之清风，与山间之明月。耳得之而为声，目遇之而成色。取之无禁，用之不竭。是造物者之无尽藏也，而吾与子之所共食。[1]

回家后，东坡又作词一首方去睡觉：

夜饮东坡醒复醉，归来仿佛三更。家童鼻息已雷鸣。敲门都不应，倚杖听江声。　　长恨此身非我有，何时忘却营营。夜阑风静縠纹平。小舟从此逝，江海寄余生。[2]

---

① 译按：节选自《赤壁赋》。

② 译按：《临江仙》。此词作于东坡游赤壁当晚乃作者想象，实则作于元丰五年（1082）深秋之夜于雪堂畅饮后返归临皋寓所时。

微醺

酒意给了他灵感，因此他钟情于酒醉的感觉

苏东坡礼赞米酒带来的微醺体验，就如同波斯诗人赞美喝了葡萄酒后的微醉感一样。苏东坡反复强调自己酒量不大，两杯足以让他“飘飘欲仙”。对嗜酒如命者，他可以容忍，但绝不同情。他不喜欢酗酒的人。他通过米酒，或是通过自己搜寻秘方酿制各种酒（如橙子酒、桂皮酒、荔枝酒）所寻找的，是一种难以捉摸的眩晕感，一种释然的微笑，一种介乎梦幻与失态之间的优雅状态，或是一种让思想随风自由飞扬的方式。他在诗里有过这样的描述：

清风定何物，可爱不可名。
所至如君子，草木有嘉声。
我行本无事，孤舟任斜横。
中流自偃仰，适与风相迎。
举杯属浩渺，乐此两无情。

归来两溪间，云水夜自明。[1]

（我在中国时，曾尝试在当年新酿的米酒中寻找苏轼描绘的那般无忧无虑的幸福和温润的品格。自宋代以来，这种酒的口感和度数都没有太大变化。可惜，那种借由几杯香槟或因为加入“草本植物”而呈现不同“颜色”的其他酒类就能很容易体会到的感觉，我却未能通过中国的米酒感受到。它带给我的只是某种烈酒的烧心之感，是新李子酒之类的甜桃红酒或陈年白兰地所不具备的那种烧灼感。）

刘伶在《酒德颂》中描写的那种“失控—微醺”，比苏东坡还要强烈些，但总的调性差不多：

> ……以天地为一朝，万期为须臾……居无室庐，幕天席地，纵意所如。静听不闻雷霆之声，熟视不见太山之形……俯观万物之扰扰，如江汉之载浮萍……

苏东坡词通常描述的是因为偶遇的老友、突然造访的客人而欢聚畅饮，或者只是为舒缓情绪而小酌：

① 译按：《与王郎昆仲及儿子迈绕城观荷花登岘山亭晚入飞英寺分韵得月明星稀四字》其二。

顷在黄州，春夜行蕲水中，过酒家，饮酒醉，乘月至一溪桥上，解鞍，曲肱醉卧少休。及觉已晓，乱山攒拥，流水锵然，疑非尘世也。书此语桥柱上。

照野弥弥浅浪，横空隐隐层霄。障泥未解玉骢骄，我欲醉眠芳草。　　可惜一溪风月，莫教踏碎琼瑶。解鞍欹枕绿杨桥，杜宇一声春晓。[1]

“天才，就是可以重拾赤子之心。”对苏东坡而言，酒是一张飞毯，坐在飞毯边缘，就可以和最爱的弟弟一起，重回童年故地。他最吸引人的一首“酒诗”就表现了梦回十二岁时的场景：

我梦入小学，自谓总角时。
不记有白发，犹诵论语辞。
人间本儿戏，颠倒略似兹。
惟有醉时真，空洞了无疑。
坠车终无伤，庄叟不吾欺。
呼儿具纸笔，醉语辄录之。[2]

暮年，苏东坡算了笔账，觉得自己是一生的赢家。酒

① 译按：《西江月》。
② 译按：《和陶饮酒二十首》其十二。

意给了他灵感，因此他钟情于酒醉的感觉：

曾日饮之几何，觉天刑之可逃。
投拄杖而起行，罢儿童之抑搔。
望西山之咫尺，欲褰裳以游遨。
跨超峰之奔鹿，接挂壁之飞猱。
遂从此而入海，渺翻天之云涛。[1]

① 译按：节选自《中山松醪赋》。

避让之道

其他人使尽手段以求升迁，他却煞费苦心避之不及

罕有位高权重者像苏东坡一样写那么多信恳求将自己降职，恳请一个卑微的职位，外放到偏远之地，卸下权力重负。其他人使尽手段以求升迁，他却煞费苦心避之不及。因为，在他的从政生涯中，天家的垂青于他而言常常是祸福相依。

苏东坡梦想过上一介农夫的安稳日子，但（例如这次）刚刚过了三年，当他要去这块给了他“东坡”这个号的土地上收获果实时，1084年，皇恩又来了。他被调离黄州，派往离京城更近的一个城市任职，被迫离开了他的农垦事业。他奏请皇帝准许他在太湖边上居住——当然，这一次并非流放——他在这里有一小块土地，除此之外，再无其他安身立命之所。他给皇帝上书道：

> 但以禄廪久空，衣食不继。累重道远，不

> 免舟行。自离黄州，风涛惊恐，举家重病，一子丧亡。……臣有薄田在常州宜兴县，粗给饘粥。欲望圣慈，许于常州居住。[1]

可是他并没有得到恩准，只能等待朝廷的任命。[2]冬天苦寒，前途渺茫。一位热心的朋友给诗人送来酥酪和酒。

> 暮雪纷纷投碎米，春流咽咽走黄沙。
> 旧游似梦徒能说，逐客如僧岂有家。
> 冷砚欲书先自冻，孤灯何事独生花。
> 使君夜半分酥酒，惊起妻孥一笑哗。[3]

1085年，苏东坡入京任职。1089年，对苏东坡极为赏识的太后任命他为杭州知州。1094年他又被贬黜。其间的几年他完成了疏浚河道的巨大工程。

杭州是举世罕见的城市，这里有两个地方与两位有名的诗人相关——不是因为他们在文学上的才华，而是由于他们主持修建的工程和建筑给城市带来了繁华富足。白（居易）堤和苏（东坡）堤是知行合一、城市治理和水利建设等方面的综合成果，说明这两位文人同时也是注重

---

① 译按：节选自《乞常州居住表》。

② 译按：实际上朝廷应允其居常州，但旋即调其至登州任知州，不久又调其入京任职。

③ 译按：《泗州除夜雪中黄师是送酥酒二首》其一。

行动的实践者。

苏东坡在担任每一个行政职务时，都非常注重水的问题：饮用水水源、河流交汇处、运河航道、入海口等。早在因为朝廷内斗而被外放至杭州的1070—1073年间，他就开始规划并实施工程，那是他第一次在此任职。大约二十年后，他又一次在西湖和城郊山丘上找到了同样的快乐。他总觉得前世“已经”在杭州生活过。有传说苏东坡某日在寿星寺里，非常确定地找到了他熟悉的装饰。他对随行的朋友说：“我知道在寺庙的供桌和忏堂之间，有一个九十二级台阶的楼梯。”一个随行者跑去数，果然，有九十二级台阶。几分钟后，苏东坡在庙里的藏经阁发现了一份未写完的旧手稿，竟是他自己在另一世年轻时所写。

(苏东坡遇到的怪力乱神之事，要么有关前生今世，要么是作为地方长官必须主祭祈求雨神降雨。我总觉得他是在尽量以合乎礼仪的方式和礼貌的态度面对那些神怪荒诞之说，尽量不伤害老百姓对那些看不见的神明的崇拜、信仰或盲从。他并不是没有怀疑过这些问题，只是不说破而已。有一个假设，当然完全可能不成立：假设在1070—1080年间将克罗德·罗阿在1993年所拥有的情感借给苏东坡——这个罗阿也时常会对正在发生的事情有一种“似曾相识”的感觉，并且给这种感觉科学地命名为“仿真情感”。也就是说，让他可以指出一个幻觉就是幻觉，人试图相信的所谓真相的并非真相。我到底知道什么？苏东坡对此知道什么？若非如此，为何我感到，此刻，中国朋友的手正放在我的肩上，在我耳边絮絮说着伊壁鸠鲁和蒙田的训诫："把这一切放到一旁。"聪明之举是"无论怎样"都要去倾听，去顺从。我这样做了。）

从威尼斯到杭州，亚洲和欧洲的（或者墨西哥的）那些水上城市都面临着如何处理"蓄水池"的问题。苏东坡遇到的则是河道淤塞、可饮用水受到污染、潮汐运动、海水倒灌带来的威胁。在第二次任职杭州的头一年，苏东坡彻底整治、疏浚了运河水网，然后从理论上提出并在实践中解决了咸水、淤泥、湖泊、运河、河流和海洋之间的交通运输及连接问题，此外还有饮用水的存蓄问题，水生植物及藻类减缓水流而形成涡流的问题，以及"最后但并非不重要"的土地灌溉问题。他有着水利专家的分析力和战场指挥官的决断力，得到了当地驻军的协助，军人们参与了连续奋战。他说服太后给工程拨付了大部分款项，非常具有创造性地对清理河道所产生的堆积成山的水草、污泥进行了处理，直到今天，游客还可一饱眼福，欣赏美景。苏东坡命人将淤泥和葑草堆筑成一道长长的堤坝，上建六座拱桥和九个亭子，在湖面上延伸出一条人行步道。1092年，当他重新被派往长江边的一个小城去任职时，他可以自豪地回首远望西湖。他让这座他深爱的城市变得比他来之前更美。它现在仍很美。但是在那艘载他远去的船上，他写下一首忧郁的诗：

> 澹月倾云晓角哀，小风吹水碧鳞开。
> 此生定向江湖老，默数淮中十往来。[1]

① 译按：《淮上早发》。

光阴的脚步

命运让他再次流浪，
踏上越来越艰辛的流放之路

在再度失宠和被流放之前，除了治理河道的工程外，苏东坡利用平静生活的最后两年，解决了两件让他“如鲠在喉，不吐不快”的事情。他极力劝说太后允许欠债农民延期偿付，他们是因为青苗法而欠债的。他最终取得了胜利：压得农民喘不过气来的债务得以免除。此前，苏东坡一直对政府的荒谬做法感到气愤：官方按照稻米的价格来决定税收金额的高低，但却不允许米价下跌时以实物抵缴税收，迫使农民亏本出售粮食来缴纳税赋。苏东坡也不赞同只是等到饥荒发生后才简单地对穷苦人施以救助，而是主张要预测、避免和预先应对。

诗人就债务、预防饥荒和国家对盐、酒和粮垄断所造成的物资匮乏等问题所写的奏报，展现了他细致的调查、卓有远见的分析、充满勇气的批评和为穷人纾解困苦的决心。他常引用孔子的名言——“苛政猛于虎”。

可惜，为善而战的时光很快过去了。朝廷里的风向又发生了偏移。王安石退出了政坛，他的继任者们更加无能，但报复心更重。1093 年太后去世，这些人重掌大权。苏东坡接连遭受三重打击：庇护他的太后死了；第二任妻子离世；1094 年，来自京城的一道旨意将他贬谪到惠州——那是中国南部边陲，靠近广东。

和每次被流放一样，苏东坡希望在南方给自己建一座房子，以便有个容身之所——因为官方给他提供的栖身之地实在过于简陋，热带气候把一切东西都腐蚀殆尽。苏东坡在惠州种了橙子、覆盆子、荔枝，保留了原有的好看的柏树，还种了大量的栀子花。可是湿瘴之气损害了他的健康。两个儿子苏过和苏迈一直陪着他。

朝云，他妻子为他买的小妾还很年轻，时年三十一岁[①]，而苏东坡已经五十七岁了。他和妻子曾一起教朝云读书写字，而此时朝云已是个虔诚的佛教徒，能够诵读佛经和古代先贤的作品。苏轼待她很温柔，绝不违背她作为佛教徒恪守贞洁的意愿——就算不想成仙，至少也要长寿。对于年老体衰又一直遭受迫害的诗人来说，朝云就是“天女维摩”（Vinalakirti）的化身，从佛祖身边披着花瓣而来。他给年轻的小妾写了好多词，词中交织着暮年伤感的爱情和对佛教的虔诚：

① 译按：朝云时年三十二岁。

白发苍颜，正是维摩境界。空方丈、散花何碍。朱唇箸点，更髻鬟生采。这些个、千生万生只在。　　好事心肠，著人情态。闲窗下、敛云凝黛。明朝端午，待学纫兰为佩。寻一首好诗，要书裙带。[①]

当苏东坡开始适应新环境时，命运又给了他最后一击：1095年7月[②]，朝云去世，死因大概是疟疾。她和夭折的孩子团聚了。诗人把她葬在一座庙宇附近的一片松林间，给她写了一首挽诗：

玉骨那愁瘴雾，冰姿自有仙风。海仙时遣探芳丛。倒挂绿毛幺凤。　　素面翻嫌粉涴，洗妆不褪唇红。高情已逐晓云空。不与梨花同梦。[③]

小小的房子竣工了，朝云却已躺在墓地之中。苏东坡又一次成为权力争夺者的眼中钉。他再度被贬。政治命运让他再次流浪，踏上越来越艰辛的流放之路：

自我来黄州，已过三寒食。

① 译按：《殢人娇・赠朝云》。
② 译按：多说朝云死于1096年。
③ 译按：《西江月・梅花》。

年年欲惜春，春去不容惜。

今年又苦雨，两月秋萧瑟。

卧闻海棠花，泥污燕脂雪。

暗中偷负去，夜半真有力。

何殊病少年，病起头已白。[①]

① 译按：《寒食雨二首》其一。

长日将尽

湿气自地上升起，夏末初秋之际，一切都发霉腐烂

苏东坡不是一个让那些迫害者省心的被逐者。因为他太有名了，到处都有他的崇拜者，那些本应负责监督他（或是被告知要对他稍加约束）的知府、通判经常会跑去向他求取墨宝，或是与他一同写诗唱和、下棋，或给他带去好酒同醉一场。他有一些忠实的拥趸，比如老道士吴复古就经常赶好几千里路去看他，从中国的一端跑到另一端去给他传递好（或者坏）的消息。最后，在苏东坡去世前的几个月，吴老道甚至毫无征兆地死在赶去送别北归的苏东坡的途中。

各地方的官员常因为厚待苏东坡而招致当权者的惩罚。好几个苏东坡流放地的官员都因此断送了前程或被削官减俸，可这仍不能扼杀他们见到东坡时所生出的要好生待之的决心。这个怪人不仅能博得文人、官员和僧人的好感，还能在短短几天内就和“底层”百姓交上朋友。他和

比邻的农人交流种庄稼的经验，送给街角手艺人草药秘方，挖掘水井并用新鲜井水和隔壁卖酒的换几瓶酒。一个农妇在听了苏东坡讲述其颠沛流离和殿前辉煌后对他说："翰林昔日富贵，一场春梦耳？"苏东坡便称这农妇为"春梦婆"。

有些官员在给朝廷的奏折里汇报说，苏东坡看上去很幸福、快乐，正在给自己修建房子，打算在流放地安稳过日子。当权者立刻再发贬谪公文，将其流放至更远的地方，彻底扰乱苏东坡的计划。最后，他再次接到一个新"派遣"：到最南边，南中国海的海南岛去。这已经不是流放，而是以某种形式被关入集中营。当地土生土长的黎族人与汉人关系紧张，常有武力冲突。但黎族人都心地善良，面对强者只能退避三舍，这造成他们生活穷困且生性多疑。他们无药医治病痛，面对可夺人性命的热带疾病，他们只会以杀牛作为对命运的献祭。身为佛教徒，苏东坡看到被宰杀的牛血流成河，感到非常不适。看到那些不断从内陆运上岛的牛，作为理性主义者的苏东坡感到这些人很可怜——倾其所有买牛来屠杀献祭，实在是荒谬。

1097 年 6 月 11 日，苏东坡和心爱的弟弟子由道别，此后再也没能见面。长子苏过[①]陪同他到海南。为人和善的新任军使张中，极为仰慕苏东坡的诗词和书法，拨了一

① 译按：苏过是第三子，此为作者之误。

间简陋但尚可居住的房子给他们（张后来也因此获罪）。苏东坡饱受发烧和痔疮的折磨，海南潮湿闷热的气候让他喘不过气来。湿气自地上升起，夏末初秋之际，一切都发霉腐烂。然而，苏东坡发现很多海岛居民的年龄都超过了九十岁，他意识到，智慧和力量来自对环境的适应——只要能适应，则冰蚕火鼠亦可生存。庄子曾说过："夜昼交替，耗散我们的精气，致使身形消散。"道家教诲：长寿的秘诀在于不浪费力气。苏东坡开始身体力行。

在海南，苏东坡感到自己被围困在一望无际的水中央。他随笔写道：

> 吾始至南海，环视天水无际，凄然伤之，曰："何时得出此岛耶？" 已而思之，天地在积水中，九州在大瀛海中，中国在少海中，有生孰不在岛者？覆盆水于地，芥浮于水，蚁附于芥，茫然不知所济。少焉水涸，蚁即径去，见其类，出涕曰："几不复与子相见，岂知俯仰之间，有方轨八达之路乎？"①

朝廷那帮人从未停止对苏东坡的监控，让人为他指定了一个新住处。雨季夜里，他得不停地把床移来移去，因为屋顶漏下的雨会把床淋湿。可不管苏东坡在哪里，

① 译按：节选自《试笔自书》。

依旧不断有文人前来探访。他用棕榈叶和竹子给自己修了一个简陋的“小屋”。猎人会给他送一些鹿肉。文人借书给他看。邻居常送来水果、大米和腌黄瓜。在随笔里，苏东坡记录说，他观察到某些动物还有一些人仅靠阳光就能存活。在最艰难的日子里，他似乎打算借鉴这种方法，不过仍能感觉到他对此心存疑虑，就像对道家的长生不老之术存有疑惑一样。他的怀疑最有力的论据就是他“从未”遇到过神仙。

他在给朋友程儒的信里描写了可悲的现实，问题已经不再是靠阳光或是靠寻找炼制仙丹的秘方就能活下去了：

> 此间食无肉，病无药，居无室，出无友，冬无炭，夏无寒泉，然亦未易悉数，大率皆无耳。惟有一幸，无甚瘴也。近与儿子结茅数椽居之，仅庇风雨，然劳费亦不赀矣。[1]

除了食物匮乏、环境艰苦，苏东坡还缺少笔墨纸砚。他和苏过开始自己制墨，却总是不成功，甚至差点引起火灾烧了房子。火灾后，废墟里找到的一块墨石，终于能够让他写作和画画了。

> 行歌野哭两堪悲，远火低星渐向微。

① 译按：节选自《与程秀才三首》之一。

病眼不眠非守岁，乡音无伴苦思归。
重衾脚冷知霜重，新沐头轻感发稀。
多谢残灯不嫌客，孤舟一夜许相依。[①]

除了有邻居的友善、朋友的探访和总是从远处赶来的吴老道，他的海南生活有了一个新成员的加入：

乌喙本海獒，幸我为之主。
食余已瓠肥，终不忧鼎俎。
昼驯识宾客，夜悍为门户。
知我当北还，掉尾喜欲舞。
跳踉趁童仆，吐舌喘汗雨。
长桥不肯蹑，径渡清深浦。
拍浮似鹅鸭，登岸剧虓虎。
盗肉亦小疵，鞭棰当贳汝。
再拜谢厚恩，天不遣言语。
何当寄家书，黄耳定乃祖。[②]

① 译按：《除夜野宿常州城外二首》其一。从意象而言，此诗比较接近翻译文本。此段作者似乎误读此诗为苏轼晚年居海南儋州之作，实则应是熙宁六年与熙宁七年往返于苏、秀、常、润道中作。

② 译按：《余来儋耳得吠狗曰乌觜甚猛而驯随予迁合浦过澄迈泅而济路人皆惊戏为作此诗》。

结局早已注定

越接近终点，我越是步履沉重

我很高兴乌鸫在此时进入了苏东坡的生活，也进入了我写的这本关于我朋友的小书里。它是一只好动的大狗，很容易激动，身上有着狗狗发泄不完的快乐。对于狗的这种全身心交付、毫无保留的奉献牺牲，猫是十分瞧不上的（猫认为狗缺乏尊严，确实如此。和天生具有劣根性的人类大不同，让一只狗变坏很难，而训犬师通常要花很长时间来训练一只在恶劣环境里长大的狗）。如果我看到乌鸫，一定会握住它的爪子。

几年来，自从苏东坡进入我的生活，我并没有如约时时探访，因为我已经知道结局如何。当我看到朝廷里的“要员们”是如何处心积虑地找苏东坡的麻烦，将他发配至几千里之外，使其落入无底深渊，远离弟弟子由，远离朋友时，我就知道：“他们又成功地让他折了寿。”京城里的官僚们有着做坏事的天赋，他们甚至能把天家对苏东坡的恩赐变成灾难：每当苏东坡适应了贬谪之地的生活，刚刚盖了新屋，挖好水井，结识新友，或者又得到了短暂的恩宠，他就得重新上路，或坐轿或走路，或水路或陆路，从大陆性气候到热带季风气候，从黄沙扑面到阴雨连绵，直至被折腾得精疲力尽。

是的，我知道结局如何，我太知道了。确切地说，我所写的并不是传记［林语堂写过一本极好的传记，1947 年于纽约出版，书名为《苏东坡传》（*The gay Genius*），尽管在我看来，他对王安石的仇恨有些过了］。除非所写的是还在世的同时代的人，只要你写的是任何一个已经故去的人，就总会有一个时间节点——线断了，死亡就会突然降临。

终点快到了。我做的这件事其实有点奇怪——颂扬一位诗人——依靠一些中国朋友和汉学家的帮助，我才得以结识这位诗人，了解了他的习性，以及他的支持者或反对者对他的评价或成见。这一切都归于千年前的一种文化。

越是接近“终了”，这个词所蕴含的所有意义越是在翻动的书页里得以显现。越接近终点，我越是步履沉重。我当然知道，毫无疑问，苏东坡死于 1101 年。

时间不可能倒流，我们必须接受他的离席，就如同我也终将离去一样。我知道我必须放过自己，正如同我必须正视这位中国朋友最终的失败一样——尽管我对此怀揣不满、愤愤不平。我宁肯对这个结局一无所知，也好过目睹东坡居士的葬礼。我更愿意与他和乌巿一起待在湖边，往水里扔一节木棍，让乌巿游过去叼回来。它一脸严肃，仿佛肩负朝廷使命，把木棍衔了回来。（这时候，全身湿透的狗猛地摇晃身体甩出水雾，苏东坡和我被洒了一身。我们急忙跳开并大声呵斥。乌巿一脸懵懂地想：这些人为何要让它到水里去，然后又为何要生气？它只不过是想把毛上的水甩干，也让我们分享一下湖水的清凉。）

在北京的时候，我们曾和李伯钊有过一次谈话。她虽上了年纪，但仍很骄傲。她有骄傲的资本，尽管她的父母是大资本家，可她十八岁就参加了革命罢工活动；蒋介石统治时期她入过狱，后来经历了长征、抗战、解放战争。当我们谈到另一位上了年纪的作家时，她说那人是个变色龙，一直像墙头草一样摇摆不定，他在历次战争、清洗、政治运动、转折关头都游刃有余。我问李："他怎么能够每次都全身而退呢？"老妇人脸上出现一丝狡黠的微笑："他对死亡麻木不仁。"

我不是第一次听到这种带有反感情绪的评价。李的话让我想到另一个回答，说的是同样的意思。我曾问过年迈的伊利亚·爱伦堡，他是如何度过特殊时期的。他回答说："死亡没有来找我。"

死亡属于谁呢？我十分乐于就这样结束这本由一束诗

歌集成的小书，而不去想象苏东坡的死亡时刻。好的诗歌和真正的勇气都有其共同点，就是让人忘却死亡。苏东坡谈论死亡的几百首诗词，都闪耀着超脱死亡的生命之光。苏东坡是许多个瞬间的伟大救主。他让这些瞬间逃离了时间的吞噬，其中一个瞬间让我一直为之感到困惑。

流放之苦

在这座热带岛屿上，苏东坡的身体状况越来越差

几个世纪以来，那些醉心于苏东坡几千首诗歌的人，总会遇到其写作时间的问题，这也是全世界的出版者都需要解决的问题。我见过罗大冈在面对1699年本、1822年王文诰本以及一些最新版本中与苏东坡生平不符内容时的疑惑。无论是日本学者、苏东坡研究专家小川环树，还是他的美国同行，在哥伦比亚大学出版社出过一本很棒的苏东坡诗选的华兹生，他们都无法标注出其诗歌写作的确切日期。

有一首很美的诗《江上值雪》，看上去很像是诗人在北方生活时所写。他在被流放海南时，尽管生活艰辛，却一直带着这些手稿。现在我们已无法知晓他对其是否重写或修改过，写这首诗的目的是什么——妙手偶得，还是字斟句酌？——为什么这首诗会出现在海南？月复一月，年复一年，在这座热带岛屿上，苏东坡的身体状

况越来越差。

他的一位政敌——董必上岛后，被岛上的狗追得到处乱跑。当发现苏东坡住的房子竟然还不错时，他十分生气。苏东坡只好和苏过用竹子和棕榈叶盖了一间草舍。他写道："老人与过子相对，如两苦行僧尔。"[①] 夏季潮湿闷热，食物发霉，家什腐烂，伤口感染。秋季，连绵的秋雨和糟糕的天气让行船无法靠岸。冬季，一切都被笼罩在厚重的雾气之中。大米和一切供给都极度匮乏，苏东坡带着儿子去采摘野菜充饥，被蚊虫和丛林的昆虫叮咬，家里也遭受白蚁蛀蚀。岛上没有疟疾，但另外十几种热带疾病依然毒害着被流放者的生命：脚部真菌感染、疥疮、淋巴结肿大、皮肤下寄生虫、阿米巴痢疾等。

这位古代诗人在困境中所写的这首诗到底有什么意义？它揭示了苏东坡敏锐的感官，让他追忆起与海南完全不同的种种：皑皑白雪、刺骨寒风、轻盈雪花？又或许这让他能够暂且远离眼下一切都在慢慢腐烂的岛屿！

我想我明白为什么苏东坡要一直携带着这个被时间偷走的"瞬间"的记忆。有一年，当一贫如洗的乔治和柳德米拉·彼得耶夫[②] 去看病时，医生对乔治说："你应该把柳德米拉带到乡下去，她太苍白了。"乔治想到的解决办

① 译按：《与侄孙元老四首》之一。

② 译按：两位俄罗斯演员。

法是再一次把屠格涅夫的《乡间一月》搬上舞台。苏东坡和苏过是否用了与乔治·彼得耶夫同样的方法来应对海南生活的惨淡？反复品读，可以发现这些能致命的酷热岁月所留下的，其实是一首关于霜冻、冰雪和彻骨寒冷的伟大诗篇……

咏冬为夏凉

江边晓起浩无际，树杪风多寒更吹

缩颈夜眠如冻龟，雪来惟有客先知。
江边晓起浩无际，树杪风多寒更吹。
青山有似少年子，一夕变尽沧浪髭。
方知阳气在流水，沙上盈尺江无澌。
随风颠倒纷不择，下满坑谷高陵危。
江空野阔落不见，入户但觉轻丝丝。
沾裳细看巧刻镂，岂有一一天工为。
霍然一挥遍九野，吁此权柄谁执持。
世间苦乐知有几，今我幸免沾肤肌。
山夫只见压樵担，岂知带酒飘歌儿。
天王临轩喜有麦，宰相献寿嘉及时。
冻吟书生笔欲折，夜织贫女寒无帏。
高人著屐踏冷冽，飘拂巾帽真仙姿。
野僧斫路出门去，寒液满鼻清淋漓。

洒袍入袖湿靴底，亦有执板趋阶墀。
舟中行客何所爱，愿得猎骑当风披。
草中咻咻有寒兔，孤隼下击千夫驰。
敲冰煮鹿最可乐，我虽不饮强倒卮。
楚人自古好弋猎，谁能往者我欲随。
纷纭旋转从满面，马上操笔为赋之。[1]

① 译按：《江上值雪效欧阳体限不以盐玉鹤鹭絮蝶飞舞之类为比仍不使皓白洁素等字次子由韵》。

抵达港口

船到常州靠岸时，运河两岸百姓蜂拥而至以示欢迎

与苏东坡同时代的诗人杨万里，在自己的诗里说：身体听从权力法则，而精神听从的是另一种法则。绝对权力就是要让人绝对服从王权，失去自由。在1100年和1101年的头七个月里，命运的无常和权力者的旨意最后一次把苏东坡推上疲惫不堪的旅途，在无尽的山峦间跋涉。他的老友，吴复古道长跑到海南告诉他皇帝的死讯。那时候，苏东坡以及自己昔日政敌都已经原谅了这位皇帝。

苏东坡感到虚弱、疲惫，但他还是想站起来，激情四射地去抵挡流放的疲累、气候的恶劣和漂泊的孤独。无论如何，他都尝试着在天明时面带微笑：

穷猿既投林，疲马初解鞅。
心空饱新得，境熟梦余想。
江鸥渐驯集，蜑叟已还往。

南池绿钱生，北岭紫笋长。

提壶岂解饮，好语时见广。

春江有佳句，我醉堕渺莽。[①]

终究还是要启程，要回到故土。朝廷出尔反尔的诏书让苏东坡的返乡路线变得无比曲折。从廉州到广州、金陵，然后到靖江，凡是他所到之地，都有人群聚集而来，向这位伟大的人致意。他虽有心，却已无力来回应人们对他表达的感激与敬意。文人致敬他的直言不讳，农民感激他的坚定守护，船夫感谢他保护航运自由并保住水的洁净。

他享年六十四岁，去时有儿子、孙子、朋友、道士、诗友们的陪伴。他在六月时就已经极度衰弱，可还得赶路。他乘坐帆船出发，船只顺水蜿蜒而下。他不顾颠簸，继续他的诗词创作：

撑者百指，篙声石声荦然。四顾皆涛濑，士无人色，而吾作字不稍衰……[②]

可不久后，他就必须辍笔了。船到常州靠岸时，运河两岸百姓蜂拥而至以示欢迎。临终前，他的老友维琳方丈劝诫他，应去寻找通往西方极乐世界之路。苏东坡

① 译按：《和陶归园田居六首》其二。

② 译按：节选自《书舟中作字》。

答道："着力即差。"道教的答案是"西方不无，但个里着力不得"。

苏东坡喃喃道："某岭海万里不死，而归宿田里，遂有不起之忧，岂非命也夫！然死生亦细故尔，无足道者。"[①]儿子们给他拿来纸笔砚墨，他用仅存的一丝力气写下：

清虚堂里王居士，闭眼观心如止水。
水中照见万象空，敢问堂中谁隐几。
吴兴太守老且病，堆案满前长渴睡。
愿君勿笑反自观，梦幻去来殊未已。
长疑安石恐不免，未信犀首终无事。
勿将一念住清虚，居士与我盖同耳。[②]

① 译按：节选自《与径山维琳二首》之二。据林语堂《苏东坡传》，这番话为苏东坡去世前半月，写给维琳方丈的信中所言。

② 译按：《王巩清虚堂》。

最后一次，启程

他知道，他能感觉到，这是最后一次出发了

他常常想，也常常这样写："身似不系之舟。"旅途漂泊不定，短暂停留后又需再次启程。多少次他再次踏上漫长的旅途，在码头或船尾与亲朋好友挥别，谁知道这一别有可能即是永别？

他知道，他仿佛能感觉到，这是最后一次出发了。正如僧人所相信的那样，直到油尽灯枯、能量耗尽，才会有真正意义上的"最后一次"出发，横生风波、再遭贬谪的往复循环才会就此终止。

苏东坡的身体状况已经很糟糕，痢疾把他折磨得奄奄一息。他的最后一段旅程是在船上度过的。他感到非常热。1101年7月28日，他面朝墙板去世了。26日，他还写下了最后一首诗：

余生欲老海南村，帝遣巫阳招我魂。

杳杳天低鹘没处，青山一发是中原。[①]

苏东坡的最后一封信是在他去世后才到达收信人手中的。[②] 他在信里再次谈到毕生最快乐的事：诗歌。

平生无所嗜好，以图史为园囿，文章为鼓吹，至是亦皆罢去。独犹喜为诗，精深华妙，不见老人衰惫之气。[③]

① 译按：《澄迈驿通潮阁二首》其二。此诗作于元符三年（1100）五月至六月间赴廉州途中路过澄迈时，非作者所说的东坡逝前最后遗作。

② 译按：遍读苏轼北归尺牍书简与《三苏年谱》苏轼晚年部分，不见作者所谓“苏东坡的最后一封信是在他去世后才到达收信人手中的”之相关记载，不知作者所据。

③ 译按：节选自苏辙《子瞻和陶渊明诗集引》。该文作于绍圣四年，即 1097 年。

秋风吹来还复去

他低头承受自己必经的苦难，既不抱怨，也无愤怒

我最后一次见到罗大冈，是1982年他受法兰西学院邀请来巴黎时。他显得越发枯瘦、干瘪。生活对我们总是这样，让上了年纪的人变得消瘦，而不是让他丰满。罗大冈迈着小碎步而来，气喘吁吁，和他说话需要重复好几遍。他说在他工作单位，关押他的小牢房被戏称为“牛棚”。他的脖子上被挂上大牌子，上面写着他的“反革命罪状”，那些人总是用赶驴的鞭子打他右边的耳朵。后来他被下放到农村，如果没有按规定把大粪从公共厕所运到田间地头，也经常被人打同一只耳朵。后来我们都习惯在罗大冈的左耳边说话。

“文化大革命”期间，罗大冈用法语写了一本诗集，在他逗留法国期间，我们帮他出版了：

他们将我践踏

我不恨他们

他们将我扔进泥里

我不恨他们

他们在我脖子上挂牌子

我不恨他们

我抗争　只是为了写下最后的文字

写在遥远地平线之门

他说："在一个贫困的乡村，用法语写作，那里没有一个人懂得这种语言……"

1948 年出版的题为《首先是人，然后是诗人》的书中，罗大冈是这样评价杜甫的："他低头承受自己必经的苦难，既不抱怨，也无愤怒。在他眼里，这只是总体的悲苦里最微小的部分。"这位当年留学日内瓦的中国学生，在第二次世界大战爆发后写下这些字句，却不知道，在"文化大革命"的整体悲剧中，他自己也将经受"自己必经的苦难"。

罗大冈在给我写的最后一封信中，附寄了一首苏东坡的诗，"你千年前的朋友写的一首诗的片段，由你的二十世纪末的朋友翻译"：

咫尺不相见，实与千里同。

人生无离别，谁知恩爱重。

…………

秋风亦已过，别恨终无穷。[①]

① 译按：节选自《颍州初别子由二首》其二。

附录　罗阿东坡诗文翻译赏析

目录

【壹】

泥上偶然留指爪／鸿飞那复计东西

和子由渑池怀旧

人生到处知何似？

应似飞鸿踏雪泥。

泥上偶然留指爪，

鸿飞那复计东西。

La vie de l’homme ?

L’empreinte d’une oie sauvage sur la neige

Envolé, l’oiseau est déjà loin.

人生是什么？

是大雁留在雪地上的足迹

振翅，鸟儿早已远去

【贰】

暗潮生渚吊寒蚓／落月挂柳看悬蛛

舟中夜起

微风萧萧吹菰蒲，开门看雨月满湖。
舟人水鸟两同梦，大鱼惊窜如奔狐。
夜深人物不相管，我独形影相嬉娱。
暗潮生渚吊寒蚓，落月挂柳看悬蛛。
此生忽忽忧患里，清境过眼能须臾。
鸡鸣钟动百鸟散，船头击鼓还相呼。

Shiao Shiao   Un vent léger froisse les aiguilles de pin

Est-ce la pluie   J'ouvre l'huis

C'est la pleine lune sur le lac

Les pêcheurs   les oiseaux de rivage   un même rêve

Un grand poisson bondit comme une renard s'enfuit

Au noir de la nuit hommes et bête s'ignorent

Mon ombre joue avec mon corps

et moi je joue avec mon ombre

Pas à pas la marée obscure monte sur la rive

comme rampent les vers de vase dans le froid et l'humide

Suspendue aux tiges   grande araignée qui danse

la lune est accrochée aux branches d'un saule pleureur

La vie passe si vite   Son charroi de tristesse et de deuil

Nuit   Lune   Lac   instant si beau

qui n'êtes qu'un instant

Un coq chante   Une cloche sonne

Un vol d'oiseaux s'enfuit

On entend les tambours à l'avant des bateaux

et résonner sur l'eau les voix des bateliers

萧萧　轻风摩挲松针

仿若有雨　推窗

月光倾泻于湖面

渔人　岸边飞鸟　同拥一个梦境

大鱼惊跃　如狡狐窜走

夜色中　人与兽两不相知

我影　与我身相戏

而我　与我影相娱

一浪一浪　暗潮拍岸

仿若蚯蚓扭动在泥泞　冰冷而潮湿

舞蹈的蜘蛛　悬于茎干

明月挂于柳枝

生命转瞬即逝　满载悲伤与别离

夜　月光　湖水　如此美丽的瞬间

不过弹指一挥间

雄鸡唱白　晨钟报晓

百鸟惊散

忽闻船头鼓鸣

水面回荡船工号子

【叁】

燕子楼空／佳人何在／空锁楼中燕

永遇乐

明月如霜，好风如水，清景无限。曲港跳鱼，圆荷泻露，寂寞无人见。紞如三鼓，铿然一叶，黯黯梦云惊断。夜茫茫、重寻无处，觉来小园行遍。

天涯倦客，山中归路，望断故园心眼。燕子楼空，佳人何在，空锁楼中燕。古今如梦，何曾梦觉，但有旧欢新怨。异时对、黄楼夜景，为余浩叹。

Lune qui brille   gelée blanche

Brise qui glisse   courant d'eau froide

L'univers n'a pas de limites

Virgule d'argent   truite qui saute

sur les feuilles lisses des lotus

la rosée repose en silence

l'oiseau ling qui pépie très doux

m'a réveillé avant le jour

j'ai fait le tour du jardin

le petit jour vient lentement

Le voyageur traîne le pas

sur le sentier de la colline

Il sait   Le pavillon est vide

où vivait celle qu'il aima

On a gardé en vain

les nids des hirondelles

Elles ne sont pas revenues

Vivre   Rêver   Rêver la vie

Qu'as-tu saisi ?   L'ombr d'une ombre

Les joies passées sont bien passées

Entends-tu à la fin de la nuit qui pâlit

le soupir du temps qui s'en va ?

月光闪耀　如白霜
微风拂过　如凉水
天地无垠
鱼跃银珠闪
光滑的荷叶上
露水静静滴落
鸟儿啾啾低啭
在黎明将我唤醒
行遍花园
天边缓缓放亮

游人步履维艰
徘徊山间小径
深知　兰亭空空如许
爱人曾居此
空守燕子巢穴
鸟儿再无归期
活着　做梦　梦想生活
你抓住了什么？影子的影子
过去的快乐已成过去
你可听见微熹的晨光中
逝去时光的叹息？

【肆】

若把西湖比西子／淡妆浓抹总相宜

饮湖上初晴后雨二首 其二

水光潋滟晴方好，山色空蒙雨亦奇。
若把西湖比西子，淡妆浓抹总相宜。

Miroir de l’eau　Temps de printemps
Brume légère　douce est la pluie
Le lac de l’Ouest　une jeune fille
belle au réveil　belle au coucher

水面如镜　春光正好
烟雨蒙蒙　薄雾轻柔
西湖　宛若妙龄女子
醒时美丽　睡态也美丽

【伍】

为鼠常留饭/怜蛾不点灯

次韵定慧钦长老见寄八首其一（节选）

钩帘归乳燕，穴纸出痴蝇。
为鼠常留饭，怜蛾不点灯。

Entrouvrir le rideau　pour les petites hirondelles
Laisser un trou dans la fenêtre　pour que les mouches
puissent partir
Abandonner dix grains de riz　pour laisser leur
part aux souris
Éteindre la lampe à huile　pour sauver la vie des phalènes

钩帘半开　为乳燕留门
纸窗留穴　任苍蝇逃离
撒十余颗饭粒
留给老鼠
熄灭油灯　搭救扑火的飞蛾

【陆】

十年生死两茫茫/不思量/自难忘

江城子

十年生死两茫茫。不思量，自难忘。千里孤坟，无处话凄凉。纵使相逢应不识，尘满面，鬓如霜。

夜来幽梦忽还乡。小轩窗，正梳妆。相顾无言，惟有泪千行。料得年年肠断处，明月夜，短松冈。

Dix ans   vivante effacée   séparée de moi

Je n'essaie pas de me souvenir

mais oublier est difficile

La tombe solitaire à des milliers de li

À qui parler de mes pensées ?

Si nous nous retrouvions

vous ne me reconnaîtriez pas

Poussière sur mon visage

Gelée blanche sur mes cheveux

Cette nuit j'ai rêvé   Je suis à la maison

Vous êtes près de la fenêtre de la petite chambre

Vous brossez vos cheveux

Les larmes coulent sur vos joues

Est-ce que mon coeur aura souffrance

ainsi année après année ?

l'ombre des pins que j'ai plantés

十年　被抹去的生命　离开已如此之久

我不想回忆

但遗忘那么难

千里外孤坟一座

心里话与谁述说？

若能再相逢

你或已认不出我

满面尘埃

两鬓染霜

昨夜梦回　在故乡

你坐在小轩的窗旁

梳头理妆

泪水淌过脸庞

我心是否会继续如此痛苦

年复一年？

我亲植的松树，投射下重重阴影

【柒】

相将乘一叶/夜下苍梧滩

藤州江上夜起对月赠邵道士

江月照我心，江水洗我肝。
端如径寸珠，堕此白玉盘。
我心本如此，月满江不湍。
起舞者谁欤，莫作三人看。
峤南瘴疠地，有此江月寒。
乃知天壤间，何人不清安。
床头有白酒，盎若白露漙。
独醉还独醒，夜气清漫漫。
仍呼邵道士，取琴月下弹。
相将乘一叶，夜下苍梧滩。

Rivière de lune   pour éclairer l'esprit
Rivière d'eau   pour purifier la bile
Perle de clarté rond
reposant dans la coupe de jade du ciel
ma pensée est semblable à toi
pleine lune   lisse rivière sans nulle vague
Avec qui pourrais-je danser ?
Le grande Li Po dansait à trois
la lune et lui   son ombre et elle
mais je suis seul au fond du Sud
perdu dans un pays malsain
où coule pourtant la fraîche rivière de lune
Comment ne pas avoir l'esprit en paix ?
À mon chevet une jarre de vin
remplie de rosée blanche et fraîche
Je peux m'enivrer seul   me réveiller seul
L'air de la nuit est frais et éternel
Je vais écrire un mot au moine Shao
qu'il vienne avec son luth
et joue à la clarté calme de la lune
Nous prendrons la petite barque
et descendrons tous deux vers les rapides

江月　照亮灵魂

江水　洗净思绪

圆润明亮的珍珠

置于天穹的玉杯之中

我的思绪正如你的

满月　河水柔滑　波澜不兴

谁能与我共舞?

李白起舞成三人

月与人　影与月

我独在南方

迷失于瘴疠之地

那里却仍有映着月亮的清凉河流

为何思绪难以平静?

床头有酒瓮

盛满清新白露

我可以独饮自醉　兀自醒来

夜晚空气清新隽永

致书邵道士

请他携琴而来

在宁静月光下弹奏一曲

乘上小船

在激流中顺水泛舟

【捌】

船上看山如走马/倏忽过去数百群

江上看山

船上看山如走马，倏忽过去数百群。

前山槎牙忽变态，后岭杂沓如惊奔。

仰看微径斜缭绕，上有行人高缥缈。

舟中举手欲与言，孤帆南去如飞鸟。

Vues de la jonque les montagnes   chevaux au galop

Cent hordes de pur-sang passent en un éclair

Les montagnes sont déchiquetées

Leurs sommets changent tout le temps de formes

Les chaînes de collines

prises de panique

s'enfuient

Très haut   là-bas   un sentier étroit

et raide qui serpente

Il y a un homme sur le sentier   très loin

Lui faire signe de la main

L'appeler ?   À quoi bon ?

Le vent dans la voile nous arrache vers le sud

grand oiseau en plein vol dans la poussière d'eau

船上看山　驰骋如骏马
群群良驹忽闪而过
群山撕裂
峰峦突变
山峰惊恐地
奔逃
高高的　山上　羊肠小道
陡峭蜿蜒
远远的　有人　盘行其间
向他挥手
呼唤？他能听到吗？
风鼓起帆携我们南下
像大鸟在水雾里带我们飞翔

【玖】

其身与竹化／无穷出清新

书晁补之所藏与可画竹三首

其一

与可画竹时，见竹不见人。
岂独不见人，嗒然遗其身。
其身与竹化，无穷出清新。
庄周世无有，谁知此疑神。

Quand Yu Ko peint des bambous
il voit des bambous et non des hommes
Non seulement il ne songe pas aux hommes
mais il oublie totalement son corps
qui est devenu   quand il peint
un bambou qui pousse et croît
et qui redeviendra Yu Ko

与可画竹时

眼里有竹而无人

岂止眼中无人

他连自己都能视若无物

每每作画时　他就变成了

一株吐芽萌发的竹子

而竹子就是与可本人

【拾】

此灾何必深追咎／窃禄从来岂有因

十二月二十八日蒙恩责授检校水部员外郎黄州团练副使复用前韵二首 其一

百日归期恰及春，余年乐事最关身。

出门便旋风吹面，走马联翩鹊啅人。

却对酒杯疑是梦，试拈诗笔已如神。

此灾何必深追咎，窃禄从来岂有因。

Après cent jours la liberté   presque le printemps

Les années qui me restent je vivrai dans la joie

La porte franchie   envie de danser   le vent sur le visage

Au galop mon cheval !   Les pies nous acclament

Vidons une coupe de vin   je rêve un rêve

Prendre un pinceau   laisser venir en moi un poème

Pourquoi reprocher à quiconque le malheur passé ?

J'aurais dû refuser les fonctions et les charges.

百日后终获自由　适逢春日

余生都要在快乐中

度过

跨出门外　翩翩欲舞　薰风拂面

马儿疾驰！喜鹊迎人

尽饮杯中酒　庄生蝶梦

提笔　文思泉涌

何必纠结于这无妄之灾？

我本就该远离这爵禄之累。

【拾壹】

森然欲作不可回/吐向君家雪色壁

郭祥正家醉画竹石壁上郭作诗为谢且遗二古铜剑（节选）

空肠得酒芒角出，

肝肺槎牙生竹石。

森然欲作不可回，

吐向君家雪色壁。

Grâce à la douce humidité du vin
Mon ventre vit fermente et germe
et du fond de mon foie et de mes poumons
Les bambous   les arbres   les rochers
surgissent irrésistiblement
emplissant ma poitrine
Pour imprimer leur vie sur la blancheur du mur

温润的酒

让胃肠翻江倒海

自肝肺深处

无法抗拒地突生出

竹子　大树　岩石

充塞胸间

要把它们的痕迹印在雪白墙上

【拾贰】

蜜中有诗人不知／千花百草争含姿

安州老人食蜜歌（节选）

安州老人心似铁，老人心肝小儿舌。
不食五谷惟食蜜，笑指蜜蜂作檀越。
蜜中有诗人不知，千花百草争含姿。
老人咀嚼时一吐，还引世间痴小儿。
小儿得诗如得蜜，蜜中有药治百疾。

Le vieux moine-poète vivait en ermite
se nourrissant seulement du miel de ses abeilles
Personne ne savait que dans chaque goutte de miel
né de la beauté des herbes et des fleurs
se cachaient les secrets des poèmes naissant
Quand le vieil homme mangeait son miel
et crachait en retour de nouveaux poèmes
il savait qu'il était un vrai enfant du monde
où le miel est poème   et les poèmes miel

老诗僧遁世而居

仅食蜂蜜为生

无人知晓每一滴蜜

皆凝结自芳草香花之美

都隐瞒了新生诗歌的秘密

当老人吃下蜂蜜

并回吐新诗

他知道自己就是那个世界的孩子

在那里　蜜就是诗　诗即是蜜

【拾叁】

黑云翻墨未遮山／白雨跳珠乱入船

六月二十七日望湖楼醉书五绝 其一

黑云翻墨未遮山，白雨跳珠乱入船。
卷地风来忽吹散，望湖楼下水如天。

Nuages noirs　taches d’encre noire éparpillées sur les collines
Pluie pâle　rebondissantes perles qui s’abattent sur le lac
Le vent rebrousse-campagne　les emporte et les disperse
Sous la tour de guet sur le lac　l’eau et le ciel sont un

乌云　若黑色墨点洒落山间
白雨　在湖面迸溅如珠
风过旷野　将雨卷来复又吹散
观湖楼下　水天一色

【拾肆】

征帆挂西风/别泪滴清颍

颍州初别子由二首

其一（节选）

征帆挂西风，别泪滴清颍。

留连知无益，惜此须臾景。

我生三度别，此别尤酸冷。

念子似先君，木讷刚且静。

寡辞真吉人，介石乃机警。

Le vent d'ouest gonfle les voiles
Nos larmes tombent dans l'eau du Ying
Je sais bien qu'il est vain
De vouloir retarder l'heure du départ
Ne laissons rien perdre des derniers instants
Trois fois on nous a déjà séparés l'un de l'autre
mais cet arrachement est le plus amer
Frère   comme tu ressembles à notre pauvre père
calme   discret   réservé   mais fort
Tous deux des hommes de peu de mots
mais de sagesse et de courage

西风鼓起风帆

离别之泪滴入颍河

深知无计

可延迟行程

最后时刻　不容丝毫浪费

三度被迫分离

此番尤为辛酸

兄弟　你深肖父亲

沉静　谨慎　内敛　刚强

你们二人都慎行寡言

却充满智慧与勇气

【拾伍】

我本麋鹿性/谅非伏辕姿

次韵孔文仲推官见赠（节选）

我本麋鹿性，谅非伏辕姿。

…………

闻声自决骤，那复受絷维。

…………

金鞍冒翠锦，玉勒垂青丝。

旁观信美矣，自揣良厌之。

Par nature je suis un daim sauvage

et ne peux supporter ni harnais ni longe

À quoi bon ces dorures et ces accoutrements

les boucles de jade et les brides de soie ?

Laissons les spectateurs admirer cela

我本林间野鹿

无法忍受马具或缰绳桎梏

何需镏金华饰　滑稽衣装

翡翠水勒　丝绸辔头？

不过是让观者悦目罢了

【拾陆】

雪堂风雨夜／已作对床声

初秋寄子由

百川日夜逝，物我相随去。
惟有宿昔心，依然守故处。
忆在怀远驿，闭门秋暑中。
藜羹对书史，挥汗与子同。
西风忽凄厉，落叶穿户牖。
子起寻夹衣，感叹执我手。
朱颜不可恃，此语君莫疑。
别离恐不免，功名定难期。
当时已凄断，况此两衰老。
失途既难追，学道恨不早。
买田秋已议，筑室春当成。
雪堂风雨夜，已作对床声。

Les cent rivières coulent jour et nuit
et nous aussi   comme toutes choses
Seul le coeur ne bouge pas
qui s'accroche au passé
Je me souviens des jours près de la Huai
Nous fermions les portes
pour nous protéger de la chaleur d'automne
Nous faisions griller des pois
Nous étudiions les classiques
Nous essuyions la sueur sur nos fronts
Soudain le vent d'Ouest soufflait glacé
Tu te levais pour prendre un vêtement plus chaud
et tu m'en apportais un
La jeunesse s'en est allée de nous
Est-ce que le bonheur reviendra ?
Je sens un frisson de tristesse
et maintenant nous sommes vieux
Il est trop tard pour retrouver la route
trop tard   j'en ai peur   pour étudier la Voie
Je m'occupe seulement d'acheter une terre
de construire une petite maison
Elle sera prête au printemps
Si nous pouvions y passer les nuits
avec le vent et la pluie dehors
J'entends déjà ta voix qui me parle

百川奔流　日以继夜
万物皆如斯
唯有心念旧
总是常回首
忆往昔　淮河边
闭门掩户
以避秋热
生火炙烤豆荚
携手共读圣贤
正拭额前汗
忽又西风冽
你起身添衣
亦捎带一件与我
你我青春已逝
幸福可会重现？
悲哀地颤栗
我们都已经老去
回首来路为时已晚
此时寻道　亦恐太迟
唯愿购得方寸之地
建得小屋一间
当春即成
我们能否共度长夜
枕着屋外风雨
耳旁仿佛已听到你说话之声

【拾柒】

东风陌上惊微尘／游人初乐岁华新

和子由踏青

东风陌上惊微尘，游人初乐岁华新。
人闲正好路傍饮，麦短未怕游车轮。
城中居人厌城郭，喧阗晓出空四邻。
歌鼓惊山草木动，箪瓢散野乌鸢驯。
何人聚众称道人，遮道卖符色怒嗔。
宜蚕使汝茧如瓮，宜畜使汝羊如麇。
路人未必信此语，强为买服禳新春。
道人得钱径沽酒，醉倒自谓吾符神。

Le vent d'Est couvre la route de fine poussière
C'est l'occasion pour les flaneurs
de savourer le printemps
le temps de vivre à la douce
de boire un petit verre à l'échoppe
Les céréales sont trop courtes encore
pour avoir peur des roues
Les citadins en ont assez des murs
Ils sortent dès l'aube et la ville se vide
Chansons et tambours et rires dans les collines
L'herbe et les arbres battent la mesure
Partout dans les champs des paniers de pique-nique
C'est la fête des corbeaux voleurs
Les gens sont attroupés là-bas
Qu'est-ce que c'est ?
Le bonimenteur prétend être un saint homme
Il embouteille la rue
Il vend des charmes en aboyant
« Garanti extra pour les vers à soie !
Vous aurez des cocons gros comme des jarres
Garanti extra pour le bétail et pour les gens
Vous aurez des moutons aussi gros que des daims »

Les badauds ne sont pas sûrs de croire ce qu'il dit

mais ils achètent ses charmes

pour saluer le printemps

Le saint homme empoche leur argent

et va faire un détour chez le marchand de vin

Ivre mort il marmonne

« Mes charmes sont garantis »

东风扬起路上微尘

正值游人出行好时机

品味春天

时光温柔

路旁小酌

麦苗尚短

任车轮碾过

城中人久困高墙

拂晓争相出门　空留孤城

山中歌声　鼓声　欢笑声

草木亦随之舞动

原野上食篮遍布

如同贪鸦盛宴

人群聚集一处

所为何事？

有人正吹嘘自己乃得道之人

沿街高声叫卖神符

“保证桑蚕吐好丝

结的茧子大如瓮

保证益畜又益人

羊儿只只大如麋”

围观之人拿捏不准是否可信

掏钱买灵符

为了向春天祝祷

得道之人得了钱

转身折返向酒肆

醉后还在嘟囔着

“我的符最灵”

【拾捌】

人皆养子望聪明/我被聪明误一生

洗儿戏作

人皆养子望聪明，我被聪明误一生。

惟愿孩儿愚且鲁，无灾无难到公卿。

Les parents veulent tous des enfants brillants

Brillant je l'ai été bien trop toute ma vie

Je te souhaite　mon fils　d'être bête et stupide

d'éviter les calamités et de finir premier ministre

为人父母者都希望孩子聪明

我却被聪明拖累一生

我希望　我的儿子　蠢笨愚拙

无灾无难还能官至宰相

【拾玖】

解鞍欹枕绿杨桥/杜宇一声春晓

西江月

顷在黄州，春夜行蕲水中，过酒家，饮酒醉。乘月至一溪桥上，解鞍。曲肱醉卧少休。及觉已晓，乱山攒拥，流水锵然，疑非尘世也。书此语桥柱上。

照野弥弥浅浪，横空隐隐层霄。障泥未解玉骢骄，我欲醉眠芳草。　可惜一溪风月，莫教踏碎琼瑶。解鞍欹枕绿杨桥，杜宇一声春晓。

Une nuit de printemps, à Huangchou, j'ai marché dans l'eau de la rivière. Passant devant une taverne, je bois du vin jusqu'à l'ivresse. Arrivé près d'un pont, sous la lune, je désangle la selle de mon cheval, je m'étends et je m'endors. L'aube m'éveille. Les montagnes confondent leurs cimes, l'eau chante claire en s'écoulant. Je me sens échappé du monde de poussière et j'écris ce poème sur le pilier du pont :

Lune claire sur la campagne Petites vagues qui vont et viennent
Nuages de couleurs qui se confondent dans le ciel
Mon beau cheval de jade vert se repose
Je pose la selle sur la rive   je m'adosse à un saule
et moi   un peu ivre   je m'endors dans l'herbe
Le ruisseau sous la lune chantonne son chemin d'eau
Le coucou chante   le ciel pâlit   Voici l'aurore

春夜，黄州，涉水而行。路过一家小酒肆，喝到醉意醺醺。趁月色行至桥头，为马儿卸下鞍鞯，卧于草丛休憩。被晨光唤醒，群山峰峦交错，流水清澈。感觉脱离尘世，在桥柱上写出如下诗句：

清澈月光遍撒田野　浅浪翻滚
彩云在天际交融
青白色骏马驻足小憩
卸下马鞍置于岸边　背靠柳树
微醉的我　于草间睡去
小溪在月下吟唱
布谷声声　天空露白　黎明降临

【贰拾】

清风定何物/可爱不可名

与王郎昆仲及儿子迈绕城观荷花登岘山亭晚入飞英寺分韵得月明星稀四字 其二

清风定何物，可爱不可名。
所至如君子，草木有嘉声。
我行本无事，孤舟任斜横。
中流自偃仰，适与风相迎。
举杯属浩渺，乐此两无情。
归来两溪间，云水夜自明。

Le vent clair qu'est-ce donc ?

Quelque chose à aimer sans lui donner de nom

qui bouge comme un prince partout où il va

L'herbe et les arbres chuchotent sa louange

Il se promène sans aller nulle part

Il laisse la barque glisser comme elle veut

libre légère et vive

la confiant au courant

Bienvenue au vent qui va de l'avant

Je lève ma coupe de vin à sa caresse

Je bois à la santé du vent qui va

sans se soucier de nous beau vent qui vole

de la vallée aux nuages

Le long de l'eau qui brille dans la nuit

清风为何物？

令人着迷　无需命名

像王子般来去自由

青草树木为它低声咏赞

风行无踪

小舟随波逐流

自由　轻盈而生机勃勃

托付河流

迎接风的降临

柔风抚过　我举起酒杯

为它满饮

它却不以为意

从谷底飞向云端

夜色中贴着粼粼河面拂过

【贰拾壹】

人间本儿戏/颠倒略似兹

和陶饮酒二十首 其十二

我梦入小学，自谓总角时。
不记有白发，犹诵论语辞。
人间本儿戏，颠倒略似兹。
惟有醉时真，空洞了无疑。
坠车终无伤，庄叟不吾欺。
呼儿具纸笔，醉语辄录之。

J'ai rêvé que j'étais à l'école primaire
mes cheveux en deux petits chignons comme les gosses
(J'oubliais qu'aujourd'hui ce sont des cheveux gris)
Je récitai au maître ma leçon d'Analectes
Qu'est-ce que le monde ? Un jeu d'enfant
comme dans mon rêve sens dessus dessous
Il n'y a que dans le vin qu'on n'est soi-même
et que l'esprit est libre d'angoisses et de doutes
L'homme ivre tombe de cheval sans se faire de mal
Tchouang-tseu le sait Tchouang-tseu le dit
J'appelle mon fils Apporte-moi pinceaux
encre papier
et avec les pensées du vin capturons un poème

我梦回小学堂

头上梳着两个孩童的发髻

(忽略如今已是满头灰白)

我对着先生背诵圣贤书

人世间是什么？无非儿戏一场

如同梦境　意义颠覆

只在酒中　人才是自己

精神自由　无忧无虑

酒醉之人落马不知疼

庄子知道　庄子早说过

唤儿拿来笔

墨　纸

趁酒意把诗抓住

【贰拾贰】

遂从此而入海／渺翻天之云涛

中山松醪赋（节选）

曾日饮之几何，觉天刑之可逃。

投拄杖而起行，罢儿童之抑搔。

望西山之咫尺，欲褰裳以游遨。

跨超峰之奔鹿，接挂壁之飞猱。

遂从此而入海，渺翻天之云涛。

Combien de coupes de vin ai-je bues aujourd'hui ?

Assez pour dénouer les chaînes de la mort

Je jette au vent ma canne et je marche

J'oublie les soucis   les tourments   les angoisses

Je bondis avec les daims vers les sommets

Je rejoins les singes qui sautent sur les falaises

Je plonge dans l'écume de l'océan des nuages

Je flotte dans le tumulte silencieux du ciel

今朝又饮几杯？

足以卸去死神的枷锁

将竹杖抛掷风中昂首阔步

忘掉痛苦　折磨　烦忧

和斑鹿一起跃上山巅

与猿猱一同逐于绝壁

投入云海的浮沫

在天空的云海浪涌中漂浮

【贰拾叁】

何殊病少年／病起头已白

寒食雨二首
其一

自我来黄州，已过三寒食。
年年欲惜春，春去不容惜。
今年又苦雨，两月秋萧瑟。
卧闻海棠花，泥污燕脂雪。
暗中偷负去，夜半真有力。
何殊病少年，病起头已白。

Chaque année je suis triste que le printemps s'en aille
mais ça n'empêche rien   personne n'en tient compte
Pour tout arranger la pluie n'arrête pas
Il y a deux mois déjà qu'on se croirait en automne
Étendu   j'écoute les fleurs de cerisier
Laisser tomber leurs pétales roses dans la boue
Les forces mauvaises viennent au noir de la nuit
et nous volent les choses auxquelles nous tenions
comme celui qui se couchant un soir encore jeune
s'éveille le lendemain avec les cheveux gris

年年悲春春自去

无人能阻春不留

阴雨连绵两月余

仿佛陷入无尽秋

樱桃花瓣落泥间

暗夜滋生出鬼魅

曾经所有已遭窃

睡下满头尚青丝

醒来两鬓已染霜

【贰拾肆】

病眼不眠非守岁／乡音无伴苦思归

除夜野宿常州城外二首

其一

行歌野哭两堪悲，远火低星渐向微。

病眼不眠非守岁，乡音无伴苦思归。

重衾脚冷知霜重，新沐头轻感发稀。

多谢残灯不嫌客，孤舟一夜许相依。

Chanson triste du voyageur

Le vent pleure dans la campagne

Un feu lointain   Les étoiles déjà vont se coucher

Les yeux me brûlent   À quoi bon ne pas dormir ?

Personne de mon pays n'est ici   Que la maison est loin !

Mon corps habite ce monde   ou rêve qu'il y habite

Ma natte de jonc est rapiécée   usée   tournée   retournée

Ma robe est pleine de trous   jamais raccommodés

Ma pensée remue les cendres du passé

Les yeux fermés   j'écoute la pluie qui tape sur le toit

旅人悲歌

风在田野呜咽

远处点点火光　星辰已然隐没

辗转难眠　熬红双眼又如何？

苦无乡人在侧　故土远在天边

此身寄于尘世　或恍如黄粱一梦

袍上破洞从未修补

思想混杂着前尘旧事

闭目　静听雨点滴落屋檐

*本书苏轼诗参校苏轼著，王文诰辑注，孔凡礼点校：《苏轼诗集》，中华书局，1982年。

苏轼词参校苏轼著，朱孝臧编年，龙榆生校笺，朱怀春标点：《东坡乐府笺》，上海古籍出版社，2017年。

后记

法国伽利玛出版社曾出版过一套名为“两者，我与他”的系列丛书，出版者在定义该丛书时有这样一句话：“有一些生命是记忆创造的，是我们的想象重塑的，是被我们的热情激活的。它们是主观的叙事，与传统的传记相去甚远。”

《灵犀》（L’ami qui venait de l’an mil，原意为“千年前的朋友”）即上述丛书的一种，是一部关于苏东坡的评传。作者克洛德·罗阿是二十世纪法国诗人、作家，因结识赵无极而爱上了中国文化。他在中国杭州的西湖边感叹“月亮好像挂在树梢上”时，又经由罗大冈“结识”了苏东坡。他在本书中对千年前的中国文人苏东坡进行了极具个性的解读。

每一种文化都有其独特的魅力，不同文化之间的交流需要跨越国界和种族、语言的藩篱。异质文化之间的相互交流、相互借鉴、相互影响，使人们得以从不同的角度审视另一种文化。罗阿一直试图用自己的认知来诠释苏东坡的生平，同时尽量引用苏东坡的诗文来印证自己的观点。他将苏轼诗词文赋译成法文，希望用西方的话语方式展示东方的美学精髓。这是一个很难企及的境界，然而他的尝试却为我们洞开了一扇窗户。东西方语言的异同，恰恰证明了文化可以移情，却不能被替代。

诗人所著评传带有诗性的想象和感性的表达，并未严格采用史学研究的考据方法，因而为翻译制造了一些障碍，需要译者大量查证诗句、引文的来源出处，事件实际发生的年代，以及相关史料。尽管译者做了最大的努力，可惜仍有几处未能查证，只能留待日后补正，也希望就教于诸位方家。

在本书即将出版之际，译者要真诚地向组织和资助本书出版的中共眉山市委宣传部致谢，同时也要感谢以渊博的学识和深厚的功底为本书撰写序言的武汉大学杜青钢教授、四川大学向以鲜教授，感谢当我们翻译还原苏轼原诗文遇到困难时给予我们热情帮助的四川大学苏轼研究专家周裕楷教授，以及为本书提出宝贵修改意见的眉山苏学研究专家王晋川、刘川眉二位先生。感谢他们，有了他们的支持，才有了这本小书的顺利出版。

此外，还要感谢本书的责任编辑舒星女士，感谢她对苏东坡的热爱，感谢她在全书文字校订和史料查证方面提供的帮助。在她的建议下，我们在附录中选择了二十余首法文原著引用过的苏东坡的诗词，以苏轼原诗词、罗阿法译诗及对应的中译译文三种文本相对照的方式呈现。罗阿法译诗的中译译文尽量贴近罗阿原意，在格式、标点、用词等方面力求一一对应，以便读者对罗阿法译诗文有一个更加直观的感受。

希望这本小书能给大家带来一些不一样的感受。

宁虹